MARCELO LEMES MENA

AS AVENTURAS DE JORGE

ISBN: 978-85-912042-0-5

1° edição

São Paulo

Edição do autor

2011

DEDICATÓRIA

Dedico este livro as minhas filhas Débora e Mareliza, que tanto me incentivaram a escrever este livro.

AGRADECIMENTOS

Agradeço a Deus pela oportunidade de escrever, a minha esposa pela paciência e aos meus alunos que tanto aguardaram por esta obra.

AS AVENTURAS DE JORGE
Índice

AS AVENTURAS DE JORGE
Capítulo 1
Os Conflitos

Chegou o grande dia, já esperei muito e sei que não posso esperar mais, vou conversar com ela, mas só de pensar minhas pernas já ficam trêmulas. Lembro no primeiro dia de aula quando ela me pediu emprestado uma caneta, quase desmaiei, como uma menina tão linda pode me notar?

Ela é linda, com seus cachos dourados, seus olhos cor de mel, e aquele perfume que nunca mais saiu da minha caneta, e ainda guardo até hoje na minha gaveta do quarto.

— Jorge, pare de pensar na morte da bezerra e faça sua prova, ou terei de te dar uma nota zero.

— Desculpe dona Neuza, estou tentando lembrar a matéria que estudei.

— Acho bom você começar logo, pois só restam dez minutos.

— Eu sei, já irei entregar, e a senhora vai ver como vou ir bem.

— Espero que sim.

A dona Neuza é a nossa professora de geografia, e já levei bomba na última prova, se eu for mal nesta, vou ter que fazer recuperação e aguentar ela explicando tudo de novo, vai ser cruel.

— Pronto, dona Neuza, aqui está a minha prova.

— Muito bem Jorge, já pode sair da sala e até amanhã.

— Até dona Neuza.

Agora vou esperar a Hellen sair para pedir pra ela ir comigo no cinema, ela é muito inteligente, só tira nota dez nas provas. O Nando vem vindo arrumando o material na bolsa, a bolsa dele é uma tira colo, e parece ser bem velha.

— E aí Jorge, foi bem na prova?

— Pior que não, deixei algumas sem responder e você Nando?

Nando é meu amigo desde a 5ª série, ele é um cara legal, sempre estamos juntos, ele é bem magro, a turma o apelidou de palito, e ele não liga que tiram sarro dele, gosta muito de conversar e zoar com os outros, e sempre se dá mal nas brincadeiras, mas ele não liga, lembro o dia que colocou uma lagartixa de borracha, na gaveta da professora Rosa, ela quando tirou a lista de chamada e o bicho caiu no seu colo, deu um pulo caindo da cadeira, ficou duas semanas afastadas devido à luxação que sofreu na perna. Quando a diretora perguntou quem era que tinha feito essa brincadeira, o pessoal em peso olhou para o Nando e disseram unânime "PALITO". Isso custou pra ele três dias de suspensão.

— Eu acho que fui bem, passei a noite estudando, e o que aconteceu? Que você ficava com cara de bobo olhando pra Hellen?

— É paixão, Nando.

— E por falar nela, lá vai ela, porque você não aproveita e fala com ela? Aproveita que está sozinha e aquelas amigas tontas dela não saíram ainda.

— Será que consigo?

— Corre lá, me dá sua mochila que eu cuido.

— Eu vou, mas não apronte com minha mochila.

— Claro que não, você é meu amigo.

 Só de vê-la meu coração começa a bater mais forte, como vou começar? Se tiver namorado? Acho que ela deve gostar de mim, sou bonito, forte, fui me aproximando dela e sentia o seu perfume e com coragem arrisquei chamá-la:

— Hellen!

— Oi, diga Jorge?

— Sabe, é que eu pensei, e estava, é querendo, sabe o, então como você, então é...

— Que isso? Não sabe falar? Fale logo que estou com pressa.

— Eu queria perguntar, se você gostaria de ir ao cinema comigo, hoje à noite.

— O quê? Você está me convidando? Pra ir ao cinema?

— Sim e te pago uma pipoca.

— Se enxerga garoto! Estou fora! Ainda me paga uma pipoca? Sai fora que tenho mais o que fazer.

Ela saiu rindo e já o seu perfume não era mais algo agradável, não acredito que isso aconteceu! Ela não gosta de pipoca? Estou acabado, meu coração vai parar, que vergonha, eu sou um idiota, porque fui falar com ela? Droga como fui burro, eu não sabia que ela não gostava de pipoca, eu não sou nada mesmo. Nando vendo minha situação de sem graça, veio correndo.

— E aí Jorge o que deu?

— Nada, estou acabado! Convidei-a para ir ao cinema, e ela me deu um fora que nunca mais vou esquecer.

— Me conta com mais detalhes.

— Me deixa ir embora, amanhã a gente se fala.

— Larga mão, Jorge, se quiser vou com você ao cinema, eu pago a pipoca, vamos?

— Pipoca Nando? Está me zoando? Eu vou embora, tchau.

Eu acho que a Hellen gostaria que eu fosse rico, e que pagasse sorvete, chocolate, etc..., mas deixa um dia ela vai se arrepender, o dia que eu for um cara famoso e rico ela vai se lembrar de que me deu um fora e perdeu a oportunidade de ficar com um cara bacana! Hoje eu estou com 16 anos, estudo na escola Ulisses Guedes, e ainda não sei o que vou ser na vida, meu pai quer que eu aprenda eletrônica e fique na oficina com ele, Deus me livre ficar consertando coisa dos outros, meu pai trabalha com isso a vida toda e nunca ficou rico, e se orgulha dizendo estar neste ramo há mais de 25 anos. Eu quero algo diferente, minha mãe fica me dizendo estude filho, para ser como seu pai um homem inteligente e trabalhador. Que adianta ele ser um homem trabalhador se ela ainda tem que trabalhar como diarista na casa dos vizinhos. Ainda bem que não tenho irmãos, imagine se tivessem mais filhos, acho que a gente estaria passando fome, que horror. Meus pais são pessoas bem religiosas, não falta um culto se quer na igreja, e ainda são capazes de doar dinheiro para a igreja dizendo ser a vontade de Deus. Deus quer que a gente seja pobre? Preciso mudar de vida, mas como? Estes pensamentos foram me consumindo na caminhada até a minha casa, quando cheguei, entrei pelos fundos onde podia sentir o cheiro do alho queimando na panela, e não é por falar não, mas minha mãe é uma ótima cozinheira.

— Oi filho! Chegou cedo, o que houve? Que cara é essa?

— A mesma de sempre, Maria das Dores.

— Quando fala meu nome, é porque tem coisa errada.

— Me deixa mãe, não quero falar, vou subir pro meu quarto e não quero jantar.

Meu pai estava sentado numa cadeira ao lado da geladeira, lendo um jornal da igreja, e olha que este jornal é única coisa que eles dão de graça e quase todo mês tem notícia sobre o que acontece na igreja, e ele me olhou seriamente por cima dos óculos e me acompanhou subindo a escada.

— Deixa mulher, lembra do que o pastor falou? Se acaso ele parasse de frequentar os cultos, ia começar dar dor de cabeça.

— Mas ele só faz uma semana que não vai.

— E já começou a dar dor de cabeça, imagine se ficar um mês?

— Deus me livre Chico! Vou levá-lo no domingo.

Agora deu até o pastor está falando de mim, o pastor Nilson, é um baiano que veio para São Paulo, e aqui montou a igreja que se chama "Caminho do Céu", meus pais a frequentam há mais de cinco anos, agora quem ele pensa que é? O que ele tem a ver comigo? Eu só me batizei, porque fui ameaçado pelo meu pai de me colocar pra fora de casa, pois segundo o pastor Nilson, se eu não obedecesse ao chamado de Deus, algo ruim poderia acontecer com nossa família. É aí que não entendo quem foi que ouviu o chamado? Eu é que não fui e agora sou obrigado a ir à igreja todos os cultos, que situação me encontro, cada dia parece que fica pior. Comecei a escutar os passos de minha mãe subindo as escadas, como sempre nunca pode me deixar sem comer, ela sempre arruma um jeito de me fazer comer.

— Mãe eu não quero comer, quero ficar sozinho.

Abrindo a porta bem devagarzinho, colocando o seu rosto entre o batente e mostrando um lindo sorriso.

— Jorge, acho que você precisa conversar, trouxe a sua janta, coma e fale o que está havendo.

— Mãe, como vou comer e falar ao mesmo tempo?

— Você me entendeu.

— Mãe eu não vou pra igreja, lá é um saco!

— Não fale assim, você sabe o que acontece com quem não vai à igreja, não é?

— Sei, fica rico, pois não precisa dar dinheiro pra igreja.

— Deixa de ser desaforado, sabe o pastor nos disse que quem não vai pra igreja, está caminhando para o inferno.

— É lógico o nome da igreja é Caminho do Céu, se alguém não vai lá automaticamente está indo para o inferno, vamos fazer o seguinte, se eu comer à senhora promete não comentar nada sobre igreja?

— Está bem, mas depois a gente tem que conversar.

— Está certo, mãe.

Com muita paciência, ela volta descer as escadas, e meu pai estava aguardando-a no pé da escada, às vezes nem dá tempo dela jantar e meu pai fica apressando-a pra se arrumar e ir para a igreja, e o que é mais incrível, é que ele não pode sair sem comer. Depois de algum tempo resolvi descer até a rua e de lá ver o movimento, assim tento esquecer um pouco da minha vida. Assim que todos saíram e fiquei sozinho em casa, agora tenho um pouco de paz, a noite está abafada, e os pernilongos ficam zoando no ouvido da gente, e na rua é um pouco mais fresco, sossegado, sem movimento, e olha que a rua nunca foi assim, depois que passaram o asfalto, tirou o movimento das pessoas, alguns meses atrás quando ainda era de terra e esburacada, não passava tantos carros, haviam conversas, fofocas, criançada brincando, e as mães revoltadas com elas, por ficarem toda suja de terra. Agora a poeira acabou, e também acabou a alegria, pois agora o movimento de carros aumentou e os pais preocupados com a segurança dos filhos, tiraram as crianças das ruas, também depois que o filho do seu Waldemar o barbeiro da esquina, quase foi atropelado, todos ficaram com medo. Sempre ouço alguma mãe dizendo para o filho, cuidado com a rua, lembra o filho do barbeiro! Antigamente amedrontavam as crianças com o "velho do chapéu", me lembro até hoje, de como eu tinha medo desse velho, e ainda sinto certo temor. Ele vive há muitos anos no fim da rua, numa casa de esquina, bem antiga sem pintura. Sem perceber alguém veio por detrás de mim e colocou as mãos sobre os meus olhos.

— Advinha quem é?

— Pelas mãos macias e pelo tom de voz só pode ser a Sandra?

— Assim não vale, você me viu.

— Não vi, não.

— E aí Jorge tudo bem?

— Tudo bem e com você Sandra?

Sandra é uma amiga que mora na rua de trás d praça, ela é muito bacana e a gente se conhece desde pequenos, ela estuda também na escola Ulisses Guedes, seu irmão é um babaca, ele é mais velho que ela, se acha o mais lindo do bairro, e ainda sai com o carro da mãe, esses dias a polícia o parou por estar em alta velocidade, e a mãe da Sandra ficou furiosa com ele, mas não mudou nada ele ainda continua correndo, há suspeitas de que tenha sido ele que quase atropelou o filho do barbeiro.

— Você está viajando de novo, Jorge?

— Estava me lembrando do "velho do chapéu", faz tempo que não o vejo.

— É verdade, minha mãe estava falando com a Zenaide da mercearia, e ela disse que o velho parece que foi viajar.

— E como ela sabe?

— A Zenaide disse que ele pagou a conta que estava na caderneta, e disse que voltaria a fazer compra no outro mês, pois estava de viagem.

— Entendi, e o seu pai voltou da clínica?

— Ele está em casa, e minha mãe brigou com ele ontem, pois parece que bebeu no bar de novo.

— Quando será que ele vai parar de beber?

— Não sei, minha mãe sofre com isso, às vezes vejo ela chorando no quarto.

— Sandra, olhe quem vem lá, o velho do chapéu.

— Esse homem me dá arrepios, quem será ele? E porque será que ele é assim?

— Meu pai me disse que há muitos anos ele era da igreja, não sei se era pastor ou algo assim, e depois foi excluído e meu pai não gosta de falar dele, e minha mãe disse que é uma história trágica e por isso ele é assim sozinho.

— Jorge, olhe lá o Lucas saindo na calçada, acho que ele ainda não viu o velho.

— Quando ele o ver vai voltar correndo pra dentro da casa.

— E olhe lá! Está voltando correndo, e nem fechou o portão, eu acho que vou embora também, Jorge.

— Está com medo Sandra?

— Claro que não, é que tenho lição de casa pra fazer.

— Sei.

— É verdade, até amanhã Jorge.

— Tchau, Sandra.

O velho do chapéu vem caminhando como sempre, bem devagar e sem pressa, está sempre com uma camisa social, suspensório preto, calça cinza bem usada, e uma velha botina, seu chapéu bem batido, nunca tira da cabeça, e por isso leva o apelido de velho do chapéu, ele só tira quando entra em algum lugar, foi aí que descobri que era careca, sempre tem em suas mãos uma bengala bem trabalhada, me parece até ter a cabeça de um leão no apoio da mão, ele gosta de se sentar na praça, próximo à igreja onde meus pais frequentam, e acredito que gosta de ouvir os hinos e as pregações, o que será este velho e o que será que aconteceu com ele, e o que faz da vida? Ele deve ter uns 70 anos, ninguém sabe o seu nome, só fala quando vai à mercearia da Zenaide, acho que é a única com quem conversa, mas vou entrar antes que meus pais cheguem e já venham com histórias pra cima de mim.

Capítulo 2
Um dia Normal

Como acontece em todos os dias, quem me acorda é minha mãe, pois meu pai não tem muita paciência, me lembro o dia que minha mãe foi passar uns dias na casa de minha avó e meu pai ficou pra me acordar, e como demorei acordar, ele me derrubou da cama, só de lembrar ainda dói a minha cabeça por causa da pancada.

— Filho acorda que já são seis horas, tá na hora de ir trabalhar.

Tem mais um detalhe que não mencionei, ajudo o meu tio Frederico, irmão de meu pai, ele tem uma oficina mecânica na sua casa, e o ajudo na parte da manhã, isso foi arranjado pelo meu pai, pois segundo ele, mente vazia é oficina do diabo, e não queria me deixar em casa assistindo TV. E assim toda manhã vou à casa de meu tio.

— Já estou levantando, mãe.

— Filho já são seis horas e quinze minutos e você não disse que ia levantar?

— Como à hora passa rápido quando estamos na cama, pare mãe de me puxar.

— Seu café já está na mesa, e seu pai está te esperando.

Minha mãe sempre acorda cedo, e gosta de preparar o café, às vezes ela até faz um bolinho, quando sobra um dinheiro, ela trabalha muito como diarista, mas nunca vi minha mãe reclamar de alguma coisa e olha que nunca tira férias. Meu pai como sempre gosta de sentar na ponta da mesa, ele toma seu café com uma torrada, e logo ele vai à garagem onde construiu a sua oficina de eletrônica, e lá fica até o final da tarde.

— Bom dia, Pai.

— Bom dia, seu tio vai arrumar o carro do pastor hoje, pelo que me disse o motor parece que fundiu!

— É o tio está cheio de serviço, vou ter que trabalhar bastante, pai me fale uma coisa, sabe o velho do chapéu?

— Sei o que tem ele?

— Como é o nome dele? E qual a história dele?

— O nome dele me parece que é Simon, você lembra Maria?

— É acho que é isso mesmo, ele era conhecido como pastor Simon.

— Porque você quer saber a história dele filho?

— É que ontem ele passou por aqui e me parece que foi até a praça pra ouvir o que acontecia no culto, e fiquei curioso sobre a vida dele.

— Preciso avisar o pastor que ele deve estar tentando ir ao culto, e pelo que sei ficou maluco, não sei bem a história dele, só sei que os irmãos da igreja mais antigos, diziam que ele tinha umas ideias doidas e por isso foi excluído da igreja, e depois disso o único filho dele sofreu um acidente de carro quando buscava umas compras pra ele. É meu filho, Deus castiga aqueles que se desviam do "Caminho do Céu". E a partir daí nunca mais falou com alguém e fica assim sempre trancado na sua casa e pouco sai de lá.

— Pai o senhor acha que Deus o castigou, por ele ter sido excluído?

— Claro filho, Deus é amoroso, mas quando alguém se desvia sempre há um castigo, e o pastor Nilson disse para toda igreja, que ninguém deve conversar com o velho do chapéu, pois é um desviado e doido usado pelo diabo, por isso fique longe deste homem, nem converse com ele.

— Sim pai, mas é estranho.

— Vai toma esse café logo, que não quero ver seu tio reclamando que você anda chegando atrasado; vou descer até a oficina consertar a TV do seu Juca.

— Está certo, pai.

Meu pai sempre foi um homem trabalhador, quando não tem serviço na eletrônica ele vai ajudar meu tio na oficina, fazendo a parte elétrica dos carros, mas meu pai é muito fanático na igreja, pra ele o que o pastor fala, é Deus falando, e não aceita se falar alguma coisa contra o pastor Nilson. Lembro-me o dia que queimou uma lâmpada na igreja e ele teve que consertar, ficou quase duas semanas sem luz no meu quarto, pois teve que usar a parte da fiação do meu quarto pra igreja. Esses dias ele me comprou uma bíblia, e disse que deveria ler todos os dias, até hoje não consegui sair do primeiro capítulo, nem sei se dá pra acreditar neste livro. Meus professores na escola dizem ser um livro de contos de fada, meus pais dizem ser a verdade, então fica difícil acreditar. Minha mãe preparava ainda sua marmita, e percebi que ela parecia um pouco cansada.

— Mãe Você está bem?

— Sim, só estou meio com sono.

— A senhora precisa descansar.

— Hoje não posso descansar, tenho muito trabalho.

— Tenho que ir, mãe, até mais tarde.

— Não está se esquecendo de algo importante?

— Já peguei o material da escola.

— Meu beijo.

— Verdade.

— Vai com Deus, e manda um beijo pra sua tia, e diga que eu preciso da receita do bolo de milho, e na volta da escola, dá pra você passar na casa da irmã Rute e pegar o catálogo novo de perfume?

— Mãe eu não quero passar na casa dela, você sabe que ela é meio maluca.

— Você e suas piadinhas.

— Não mãe é sério, lembra que eu disse, que as pessoas comentam que ela fica de olho nos garotinhos?

— Pare filho ela tem 80 anos, você tem cada ideia, fica arrumando desculpa só pra não passar lá.

A irmã Rute é uma velha de 80 anos, pra mim é uma tarada, toda vez que vou lá pegar um catálogo pra minha mãe, ela me convida pra entrar, e fica falando sobre amor e paixão, eu não sei o que passa na cabeça dessa velha, e minha mãe não acredita em mim.

— Vai com Deus, filho.

— Amém, mãe.

O meu tio Frederico me trata muito bem, ele é casado com minha tia Fábia há uns sete anos, mas até hoje nunca tiveram filhos, segundo o meu pai, o meu tio sofreu um acidente quando era criança, foi nadar num lago e resolveu pular na água, e ao cair bateu num toco de árvore que estava dentro do lago, a minha avó Janete diz que foi por causa de uma caxumba que desceu. A verdade é que meu tio sempre fica sem graça quando perguntam quando eles vão ter filhos; para ir à casa de meu tio sempre vou a pé, pois ficam apenas duas quadras da minha casa, a oficina é bem grande, e fica ao lado casa dele e sempre tem bastante carro para conserto. Quando cheguei, meu tio já estava mexendo no carro do pastor.

— Bom dia, tio Fred.

— Bom dia, Ruela.

Meu tio me chama assim, pois um dia quando eu estava debaixo de um carro segurando uma porca com a chave, ele derrubou uma arruela e como eu estava de boca aberta, caiu dentro da minha boca e acabei engolindo, meu tio me levou ao hospital, e o médico disse que somente ia levar uns dias até ela sair sozinha. Então meu tio começou a me zoar dizendo saiu arruela, pela arruela, seu Ruela.

— Ruela, acho melhor você trocar de roupa logo, pois temos bastante serviço, vamos mexer no carro do Nilson.

— É meu pai me falou.

Minha tia saiu com um sorriso no rosto, e com uma faca de pão na mão, então percebi que ela estava preparando o café da manhã.

— Fred, o Jorge chegou?

— Sim, Amor, o Ruela já está aqui.

— O mande vir comer, e pare de chamar meu sobrinho de Ruela.

— A sua tia está te chamando, pra tomar um café.

— Mas eu já comi, tio.

— Você conhece sua tia, ela vai ficar te chamando a manhã toda, vai lá depois você vem me ajudar.

A minha tia gosta muito de mim, acredito que por não ter um filho ela acaba me tratando muito bem, sempre me dá presentes, o meu material de escola é ela quem compra.

— Oi tia, tudo bem?

Lá vem ela pra me abraçar, quando me abraça chega até tirar meu fôlego.

— Oi Jorge, como você está querido?

Sem ar!

— Está tudo bem, tia.

— Venha comer, preparei um lanche pra você.

— Já comi em casa, tia.

— Então pelo menos coma um pedaço de bolo.

O bolo da minha tia é muito gostoso, mas por mais que ela tente nunca cresce, não sei por quê.

— Vou comer o bolo tia, e por falar nisso, a minha mãe pediu a receita do bolo de milho.

— Eu vou escrever pra ela, e ela como está?

— Está bem e trabalhando bastante.

— Assim que escrever vou colocar na sua mochila, e depois não esqueça de entregar pra ela.

— De qualquer forma ela vai perguntar se eu trouxe a receita.

— É sua mãe nunca esquece nada.

Os meus tios fazem uns dois anos que não vão à igreja, pois em um culto, veio um pastor da cidade de Pirituba, amigo do pastor Nilson e que dizia ter revelações dos céus, e revelou que minha tia naquele ano iria ter um filho, ela muito esperançosa começou a se preparar comprando até roupinhas de criança, e o meu tio ficou com um pé atrás neste assunto e dizia a ela que não deveria se iludir e esperar antes de qualquer coisa, bem como passou o tempo e ela não engravidou, então ficou desiludida e não quis ir mais a igreja, e até hoje ela guarda as roupinhas numa gaveta do guarda-roupa. O pastor Nilson até que de vez em quando os convida, mas minha tia, não fala mais com ele.

A minha tia fica sentada, de frente comigo e toda vez ela fica me olhando comer, e se acabo rapidinho, ela aproveita e coloca mais no meu prato, eu acho que ela pensa que passo fome em casa, mas como agora ela está de costa para mim e mexendo na pia, vou me mandar daqui e ir trabalhar.

— Obrigado tia, pelo café e o bolo, mas vou lá ajudar o tio.

Ela virou com rapidez para colocar mais um bolo no meu prato, mas quando ela me viu, eu já estava na porta e saindo com muita pressa.

— Menino, venha aqui! Se você quiser pode comer mais, seu tio espera.

— Não, muito obrigado tia, mas vou lá ajudá-lo.

Do lado de fora, percebi que o carro estava todo desmontado, e meu tio estava com as peças nas mãos, todo sujo de graxa e desde que trabalho com o meu tio nunca vi seu macacão limpo, pois minha tia diz, que nunca vai lavar um macacão sujo de graxa, e que ele deve comprar outros e ir jogando fora os sujos, mas como meu tio não gosta muito de gastar, faz um bom tempo que usa este.

— E aí Ruela, me conta já está namorando?

— Tio, o senhor já me perguntou ontem sobre isso.

— E o que você me respondeu?

— Eu disse que não havia namorada nenhuma ainda.

— Está vendo você mesmo disse ainda.

— Vai que hoje você já tem uma.

— Não tio! Estou sem namorada.

Meu tio desde quando eu completei dez anos, ele vive me perguntando se estou namorando, não sei qual é a preocupação dele.

— Garoto na sua idade eu já tinha umas três namoradas, e olha que outras viviam atrás de mim, sempre querendo me namorar.

Nesta hora vi minha tia colocando o rosto pela janela, pois ela tinha ouvido a história dele, e assim ela veio correndo pelo corredor e bateu com guardanapo nas suas costas, eu escutei o estalo bem forte e meu tio derrubou as peças no chão e ela gritou:

— Seu safado, você me disse que eu fui sua única namorada.

— Mas é verdade benzinho, as outras queriam me namorar, mas eu só tinha olhos pra você, sempre amei você, nunca me deixei levar pelos elogios das meninas, você sempre foi o amor da minha vida.

— Sei! Seu safado depois a gente conversa direitinho.

Minha tia entrou pra dentro da casa pisando duro e resmungando algo que eu não conseguia ouvir, então meu tio olhou bravo pra mim e disse:

— Porque você não me avisou que ela estava perto, ainda mais que ela está "naqueles dias".

— Eu ia saber? Como assim "naqueles dias"?

— Agora ela vai ficar emburrada! Deixa pra lá depois você pergunta pra ela.

— Não sabia que ela estava ouvindo, tio.

— Vamos trabalhar, e hoje preciso acertar o seu salário.

Ele agachou pegando as peças, e eu fui ajudá-lo, imagine se o meu tio soubesse do fora que recebi da Hellen ontem, garanto que ia me chamar de frouxo, ou de bocó por não pagar um sorvete pra ela.

— O Ruela, dá pra você me ajudar com este radiador aqui.

— Sim tio, claro.

Após muito trabalho, fui almoçar, e minha tia não estava tão falante e com uma cara de brava, meu tio procurava não comentar nada, como pode algo que aconteceu há tantos anos, deixar minha tia tão nervosa, acho que é mais por não conseguir engravidar, então ela virou pro meu lado e seu rosto modificou e voltou a ser aquela tia carinhosa comigo e disse:

— O Jorge, a Sandra está lá fora te esperando pra ir para escola.

— É tia, já vou indo.

— Espera um pouco que vou colocar um lanche pra você na sua mochila.

— Não precisa, tia.

— Claro que precisa você ainda está em fase de crescimento.

Meu tio olhando para mim, com uma cara de sarcasmo disse:

— Daqui a pouco o seu crescimento será pros lados, e você vai ver como vai ficar gordo.

Minha tia mudou a sua cara de novo, e com as mãos na cintura, olhando bem nos olhos do meu tio disse:

— Você tá me chamando de gorda? Vai ver você já encontrou com alguma de suas antigas namoradas e elas estão com corpinho de modelo, não é?

— Não querida, foi uma brincadeira, estava só zoando com o Ruela.

— Sei, deixa o Jorge sair que vamos ter uma longa conversa, pois você só anda se lembrando das antigas namoradas, me chamando de gorda, e pare de chamá-lo de Ruela!

Nesta hora percebi que era hora de me retirar, pois como diz minha mãe em briga de marido e mulher é melhor sair de perto, antes que comecem a jogar o talher.

— Até amanhã, e obrigado, tio.

— Vai pela sombra, seu Ruela!

— Pare de chamar o menino assim, Frederico.

Quando a minha tia chama o meu tio pelo nome completo, com certeza vai ter discussão.

Capítulo 3
A Escola

Sai da casa dos meus tios, e vi a Sandra sentada no banco de carro que meu tio deixa na entrada da oficina.

— Vamos Jorge, até parece uma noiva, a gente vai chegar atrasado.

— Estou indo, Sandra

— É pelo jeito você trabalhou muito, não é?

— Como você sabe?

— Está com a orelha suja de graxa.

— Verdade?

— Deixa que eu limpo pra você, tenho um lenço aqui comigo.

Ela então me pegando pela orelha passou o lenço, até parece a minha mãe quando saio do banho.

— Pronto agora está em ordem.

— Valeu Sandra! Hoje pago um sorvete.

— E se a Hellen olhar você comigo? Não vai atrapalhar o seu futuro romance?

— Que nada, ontem foi tudo por água baixo, ela me deu o maior fora.

— Está brincando? Conta pra mim como foi.

— Esquece ainda não me recuperei deste trauma, ela acabou comigo.

— Eu te falei que ela não era pra você, ela é muito metida, e só anda com as patricinhas da escola, e não sei o que você vê nela.

— Vamos deixar esse assunto pra depois.

— Está bem! Você está preparado pra aula do professor Ricardo?

— Hoje tem aula com ele?

— É você sabe que ele pediu aquela pesquisa do universo, lembra?

— Eu nem pesquisei.

— Eu pesquisei por você, e deixei uma folha pronta me deixa colocar na sua bolsa.

— Obrigado, nem sei como agradecer.

— Um sorvete paga o serviço.

Nós sempre vamos juntos a escola, nunca escondi nada pra ela e nem ela de mim, acho que somos muito ligados, e sempre conversamos sobre filmes, escola, etc. Assim que chegamos à escola, entramos correndo, pois já havia dado o sinal, a supervisora de alunos a dona Benê, ela não é simpática, todo dia fica no portão, o prazer dela parece que é fechar o portão assim que toca o sinal, e os alunos que chegam atrasados acabam levando uma bronca dela, ainda bem que chegamos antes dela.

— Ufa, chegamos antes da dona Benê.

— Verdade Sandra, mais um pouco e não deixa a gente entrar.

Nando que estava no pátio sentado num banco de madeira, nos deu um sinal com a mão e fui me aproximando dele e a Sandra já foi indo pra sala de aula, pois a Matilde uma menina magra de óculos, estava esperando por ela na porta da sala, as duas são muito amigas desde a quarta série.

— O Jorge o que aconteceu? Porque chegou atrasado hoje?

— Oi Nando, eu fiquei ajudando o meu tio na oficina e acabei saindo tarde, e acabei atrasando a Sandra também.

— Porque você não namora a Sandra?

— Se tá maluco Nando, ela é minha amiga.

— Sei! Por falar em namorada, eu escrevi umas coisas num papel, pra você falar pra Hellen.

— Como Assim?

Ele foi abrindo a sua mochila e retirou uma folha de papel com algumas coisas escritas.

— Eu coloquei umas frases, pra acabar com ela, pois ela deixou você muito triste, e você é meu amigo, por isso eu vou colocar na mochila dela, sem ela perceber e assim que ler vai ficar arrasada.

— Você é maluco Nando? Dá-me aqui este papel, nunca que vou deixar você fazer isto, ela não merece, uma hora ela vai se arrepender.

— Olha fiz isso pra te ajudar e ainda coloquei sua assinatura no final, assim ela irá saber com quem ela está mexendo.

Peguei o papel e abri a minha mochila e coloquei dentro dela o papel do Nando.

— Olha quando eu precisar da sua ajuda, eu te aviso.

— Eu estava somente querendo ajudar, mas já que você não quer, problema seu, e vamos entrar que o professor Ricardo está vindo.

Assim chegamos rápido para a sala, e de longe eu conseguia ouvir a dona Benê reclamando com alguns alunos, que estavam atrasados e ela não deixava entrar, dizem que uma vez ela grudou pelos cabelos um aluno que tentava pular o muro da escola. Chegando à sala cada aluno estava sentado em sua carteira, a conversa corria solta e alta, então ouve um silencio total na hora em que o professor Ricardo chegou; o professor Ricardo é um homem de meia idade, é careca, e por isso sempre diz que nunca vai ficar velho, pois ele nunca vai ter um fio de cabelo branco.

— Boa tarde, Pessoal. Hoje nós vamos começar recolhendo as pesquisas que vocês fizeram esta semana sobre o universo.

—E aí Jorge, cadê sua pesquisa? Pelo que sei sua nota não está muito boa comigo.

— Está aqui na minha mochila professor, só um minuto que entrego pro senhor.

Na hora em que fui pegar minha pesquisa, notei que estava com três folhas na minha bolsa, e o professor sem perguntar pegou a primeira folha que estava ali. E quando vi ele havia retirado a receita de bolo da minha tia.

— Professor me desculpa o senhor pegou a receita de bolo da minha tia, a pesquisa é essa outra aqui.

— Você por um acaso está virando cozinheiro, Jorge?

— Não professor, é pra minha mãe.

— Então toma aqui a sua receita, me dá a pesquisa.

— Está aqui professor.

— Mas está escrito para Hellen.

— Não é este também, é este daqui professor.

— Que confusão Jorge, você precisa ser mais organizado.

— Desculpa professor.

A Hellen que senta ao meu lado ouviu o professor falar o nome dela, olhou pra mim com um sorriso no rosto, mas percebi que ela estava muito curiosa pra saber o que havia no papel.

— Jorge! Você tem uma carta pra mim?

— Não Hellen! É só um poema, mas deixa pra lá.

— Eu quero ver, passa pra mim.

— No final da aula eu te dou.

— Porque no final da aula? Se está na sua bolsa me passa logo, eu quero ler, vamos ver se você é uma pessoa romântica.

— É que primeiro preciso passar a limpo, senão você não vai consegui entender a minha letra.

— Está bem! Mas no final da aula você não me escapa.

Nando que senta atrás de mim, começou a rir sem parar, o professor Ricardo não gostou e olhando bravo pra ele, foi em sua direção.

— Algum problema Nando, se for alguma piada pode falar e contar pra todos.

— Não professor, eu apenas estava lembrando que o Jorge fez esta poesia pra Hellen, e ele agora está com vergonha de entregar.

— Atenção, na minha aula eu não quero saber de namoro, isso vocês têm que fazer lá fora, então fique quietos e vamos estudar.

O Professor foi saindo e recolhendo todos os trabalhos, virei pro Nando que estava vermelho de tanto rir.

— Nando, eu te mato, que vou fazer agora?

— Simples Jorge, entrega o poema pra ela.

— Você é maluco? Posso até parar na diretoria.

O professor começou a aula, fazendo as suas explicações, e o que é interessante que a careca dele é tão lisa que chega a brilhar debaixo da lâmpada fluorescente.

— Vamos estudar agora sobre a origem do Universo, há muitos bilhões de anos atrás o nosso universo era como uma bolha cósmica, e que estava envolta de muita energia de elétrons, prótons e nêutrons, quando houve uma grande explosão e tudo isto se espalhou pelo universo com uma poeira atômica, e com a temperatura muito alta, mas por causa da energia começaram a se agrupar, formando as galáxias, as estrelas maiores atraíam os menores, causando explosões uma atrás das outras, e assim as estrelas ricas em gases iluminavam outros planetas. E aos poucos tudo isto foi se esfriando e os planetas foram surgindo e também surgiu a vida.

Isto começou a me intrigar, gosto de estudar sobre a ciência, não sou muito bom em decorar e fazer prova, mas gosto da aula, e com tudo que o professor explicou fiquei com muitas dúvidas e acho que vou perguntar.

—Professor uma pergunta!

— Pode falar, Jorge.

— Onde está Deus nisto tudo?

— Deus, Jorge? Deus não existe, nós somos apenas obras do acaso, aconteceu sem querer.

— Como é? Não existe?

— Não! Deus foi uma personalidade criada pelo homem para entender o que não consegue explicar, mas a ciência consegue e está explicando tudo. Esses dias li um livro, cujo tema era "Deus no Universo" escrito pelo Doutor Simon Piherson Frank, neste livro o escritor tenta mostrar que Deus existe e tudo através da ciência. Eu não consigo acreditar que ainda existe cientista tentando provar que Deus existe. Mas voltemos a nossa aula, o Planeta Terra era formado de vulcões e sendo um planeta quente era atingido por muitos meteoros.

O que o professor disse for verdade e se Deus não existe, porque existimos? Porque estudamos? Porque meus pais vão à igreja? O que será de nós após a morte?

— Com o resfriamento da terra, formaram-se vapores e líquidos ricos em proteínas e materiais químicos, e assim foram surgindo à vida, animais unicelulares veio há existência e através da evolução tudo foi se desenvolvendo, até surgir o homem no planeta terra. Por isto podemos comprovar, através de fósseis de dinossauros, animais pré-históricos, e homens há milhões de anos.

O homem surgiu há milhões de anos? Meu pai disse que na bíblia o primeiro homem na terra surgiu há seis mil anos. E agora? Em quem devo acreditar? É possível não existir Deus? Estes pensamentos não saiam de minha cabeça, quando percebi já estava na hora do intervalo e tivemos que sair da sala, e a Sandra veio em minha direção.

— Você anda muito pensativo, Jorge.

— Sandra, você prestou atenção na aula hoje? O professor disse não existir Deus, então qual o motivo de nós existirmos aqui? É uma obra do acaso? Vamos viver e morrer só isso?

— Sai dessa Jorge, ninguém provou nada ainda, fale pra ele Nando.

— É Jorge o negócio é zoar o barraco, sair catando todas as meninas, pois a vida é curta, e não existe inferno mesmo! E por falar nisso você entregou a carta pra Hellen?

A Sandra mudou o seu olhar, e percebi que ela ficou pensando sobre o que seria essa carta, e eu com uma vontade enorme de esganar o Nando.

— Nando, você quer acabar comigo?

— O que é essa carta Jorge?

— Sandra, esse tonto do Nando escreveu um poema pra entregar pra Hellen, assim ele ia deixá-la humilhada e estaria se vingando do que ela fez comigo ontem.

— Mas o que tem nesta carta, Nando?

— Um pequeno poema carinhoso!

— Me deixa ler Jorge?

Peguei o papel que estava dobrado dentro do meu bolso e entreguei o papel para a Sandra e estava escrito assim:

Hellen quero aqui começar

Aquilo que você acabou

Vou te detonar

Pois você me chutou

Você é uma vaca cabeluda

É muito boba e gorda

Então sua imunda

*Pois tem cabelo até na **** (muito indecente para escrever)*

O homem veio do macaco

Você veio do porco

E suas amigas são carrapato

Então, chore sua cara de pato.

Assinado: Jorge (o chutado)

A Sandra começou a rir e não parava, e não conseguia falar, parece até que ia ficar sem fôlego.

— Sandra, pare de rir, estão todos olhando.

— Não dá Jorge, é muito hilário.

—Nando, você complicou minha vida, não vou entregar uma carta onde você a chama de vaca gorda e cabeluda?

— Nando, só você mesmo pra escrever isto.

— Claro! Sandra, ela tem cara de vaca cabeluda.

— Você é maluco Nando, aqui está escrito que como o homem veio do macaco, ela veio do porco? Por quê?

— Simples, o porco é gordo, fede e gosta de viver no chiqueiro, e as colegas delas são tudo carrapato de porco.

— E porco tem carrapato?

—Eu sei lá, o importante é acabar com elas.

— Nando, ainda bem que sou sua amiga, não quero nem imaginar o dia em que você ficar bravo comigo.

— E agora o que eu faço? Ela vai querer ver a carta, e aí ela vai levar pra diretora, estou frito.

— Calma, eu tive uma ideia, Jorge.

— E qual é Sandra?

— Eu tenho aqui no meu caderno um poema que fiz, você só precisa alterar algumas coisas, tome aqui e use o branquinho para apagar.

Ela pegou o poema e me entregou, e estava escrito desta maneira:

O sol nasce todos os dias

E o meu amor por ti

Aumenta noite dia

Não quero mais sofrer por ti

Quero cada momento da vida

Estar ao seu lado

Viver cada dia apaixonada

E ser sua namorada

Olhe para mim

Veja que sou alguém

Que te ama sem fim

Por favor, olhe para mim.

— Que poema lindo Sandra, para quem você escreveu? Alguém que eu conheço? Estuda aqui?

— Não tem ninguém, só apague e faça as correções, e entregue pra ela, ou se você preferir eu entrego.

— Eu ainda acho que o meu poema ainda seria melhor.

— Nando, fica quieto, você quer ver o meu fim!

— Com este poema da Sandra ela vai zoar com você um monte, escreva o que estou falando.

— E por falar nisso ela está vindo.

Olhei e vi que ela estava chegando, e com certeza ia querer o poema, então mais do que rápido apaguei e consertei.

— O Jorge, cadê a minha carta?

A Sandra fechou a cara para a Hellen, parecia até que estava a fim de briga.

— Menina, se você já o esnobou, por que quer a carta dele?

— Fique quieta Sandra, o meu assunto é com o Jorge não é com você!

— Tome aqui, a carta.

— Vou ler, e depois te devolvo até mais.

— Ok Hellen, pode ficar com o poema.

 Sandra me olhou com tanta raiva, que parecia até sair fumaça das suas narinas.

— Você é uma besta mesmo, hein! Ainda fica todo abobado quando ela fala com você?

— Sandra, você não entende.

— Até mais Jorge, não vou embora com você hoje, nem adianta esperar.

— Mas, por quê?

— Não interessa seu tonto, tchau.

— Sandra, espere.

Nunca vi a Sandra deste jeito, ela nunca falou assim comigo, o que será que estaria acontecendo? Nando se aproximou dando umas tapinhas nas minhas costas.

— É Jorge mais vale um pássaro na mão que dois voando, acho que você perdeu alguém que estava apaixonada por você.

— A Hellen?

— Você é tonto ou se esforça pra ser Jorge?

— Do que você está falando?

— Nada seu tonto, Esquece. Veja lá as amigas da Hellen estão olhando pra nós e rindo. Você devia ter entregue o meu poema.

— Esquece Nando, vamos voltar pra classe, será que você poderia ir comigo na casa da irmã Rute, quando a gente sair da escola? Preciso pegar uns catálogos pra minha mãe, e a Sandra não vai poder ir comigo.

— Nem morto, lá eu não vou, aquela mulher me dá medo, cuidado ela vai te amarrar na cama dela, daí eu quero ver.

— Nando, você não é meu amigo?

— Eu estou fora, olha lá quem vem aí, o Pedro, pede pra ele.

O Pedro é um cara muito inteligente, ele só tira dez em todas as provas, eu já vi chorar na classe quando tirou nove na prova de matemática, mas no fundo é um cara legal, tem hora que é muito devagar pra pensar, e a turma acaba zoando com ele, alguns dias atrás mandaram ele na diretoria, pra perguntar a diretora se ela já havia comprado álcool em pó, ela deu lhe uma chamada, que ele até hoje quando alguém fala da diretora, treme.

— E aí Jorge e Palito (apelido do Nando) tudo bem?

— Cara você não vai acreditar no que vou te falar? O Jorge hoje vai à casa da irmã Rute, e parece que ela tem álcool em pó na casa dela, se eu fosse você ia com ele e pedia um pouco só pra esfregar na cara da diretora.

— Verdade, o que ele está falando, Jorge?

— É eu vou a casa dela, você que ir comigo?

— Olha só quero ver a cara da Diretora à hora que eu jogar o pó nela! Que horas você vai?

— Depois da aula.

— Beleza, a gente se vê depois então, até mais.

Como o Pedro é um cara Caxias, ele já saiu correndo pra sala de aula com medo de chegar atrasado.

— Nando, você está arrumando pra cabeça do Pedro.

— Que nada a irmã Rute vai dá um jeito nele.

— Estou vendo que vai ser um problema, hoje tudo parece que está dando errado. Voltamos pra sala e assim ficamos assistindo a dona Janete, professora de história, ela é uma senhora de aproximadamente sessenta anos, por isso pode dar aula de história, pois viveu a história, ela gosta muito de dar aula e sempre relembra fatos da sua vida que se encaixa na matéria, e assim terminou a aula, a Sandra nem falou comigo na sala, a Hellen me olhava e ria, acredito que o poema ainda vai dar o que falar. No final da aula, ao sair da escola vi o Pedro do outro lado da rua me esperando, e a Sandra nem se quer falou tchau, seguiu a rua sozinha, Nando saiu rindo do Pedro e foi pegar o ônibus, Hellen com todas as patricinhas saíram com o poema recitando em voz alta para que eu ouvisse, que droga, devia mesmo ter dado o poema do Nando pra estas Meninas.

— Vamos lá, Jorge?

— Pedro, eu não sei se a irmã Rute vai ter álcool em pó.

— Não custa tentar, porque se ela tiver vou acabar com a Diretora, mas me fale uma coisa é verdade que você convidou a Hellen pra ir ao cinema?

— Como você sabe disso?

— Eu ouvi o pessoal comentando, que ela acabou com você, e você ainda disse que ia pagar as pipocas pra ela, dizem que te esculachou e você saiu com cara de palhaço, é verdade?

— Isso tudo é boato! Você acredita em fofoca, Pedro?

— Não acredito, mas ela está com um poema que você deu pra ela e lá está a sua assinatura, eu não acredito que você faria isso, faria?

—Pedro, você quer ou não o álcool em pó?

— Claro que quero.

— Então cale essa boca e vamos pra lá.

— Ok, sem problemas, mas é que o poema é muito bom.

— Cala boca, Pedro.

— Está bem!

Capítulo 4

A Irmã Rute

A casa da irmã Rute fica próxima à escola, são apenas duas quadras e chegando à frente da casa, o Pedro estava ansioso e o coitado acreditava achar álcool em pó.

— Pedro, você sabe as histórias da irmã Rute?

— Que história?

— Esquece é bom que você não saiba mesmo.

A irmã Rute foi uma freira que há muitos anos saiu do convento, dizem que ela se apaixonou por um padre e os dois tiveram um caso, mas ele quis deixá-la e por isso ela o matou e enterrou no fundo da sua casa, mas ninguém sabe se é verdade, ela sempre ajuda os mendigos de rua, e sempre assedia os meninos da minha idade, mas ninguém acredita, acham que invenção da molecada.

— E aí Jorge, vai apertar a campainha, ou vamos ficar esperando aqui fora?

— Claro que vou apertar a campainha.

Ouve-se o som como de uma cigarra, a casa possui uma enorme grade com pontas de lança, a sua cor é laranjada e as paredes da casa são pintadas de amarelo, mas já dá pra ver algumas manchas de bolor, possui uma enorme janela de vidro, e alguns vizinhos reclamam que a velha às vezes aparece quase nua à noite, pois se esquece de puxar a cortina da sala.

— Quem está aí?

— É o Jorge, dona Rute!

— Que Jorge?

— O filho da Maria das Dores.

— Sim, claro! Dá só um minuto meu gato.

Falei no ouvido do Pedro.

— Pedro, por mais que ela te convide, não entre na casa dela.

— Por quê?

— Por nada, depois eu te falo, mas não entre lá.

— Ok.

A velha saiu só de camisola, foi à visão do inferno, que coisa horrorosa, o que a renda não tampava as pelancas encobria, acho que vou ficar traumatizado o resto da minha vida.

— Pois não meu gato o que você quer?

— A minha mãe me pediu, pra senhora lhe mandar o catálogo de perfumes.

— Quem é este menino lindo?

— Sou o Pedro, dona Rute, eu vim aqui pra saber se a senhora tem álcool em pó.

— E quem lhe disse que tenho?

— O Jorge!

— Bem, se o Jorge disse que tenho, acho que devo ter, mas eu já não lembro onde guardo os meus produtos, mas você pode me ajudar a encontrar.

— Não, dona Rute, estamos atrasados, só vim por causa do catálogo.

— Eu posso procurar dona Rute?

— É claro que pode! Só um minuto que vou buscar o catálogo e a chave para abrir o portão.

Ela se virou e foi entrando pra dentro da casa, e o que eu vi por trás da camisola, foi horrível, acho que nem vou dormir à noite, olhei para o Pedro e ele todo empolgado.

— Está maluco, Pedro?

— Claro que não, se ela tem o álcool em pó eu vou procurar até achar.

— Essa velha é maluca, ela vai te agarrar lá dentro.

— Pare! Você acha que uma velha nessa idade vai querer me agarrar? Ela parece uma senhora simpática.

A irmã Rute veio de novo pra fora, e agora com a chave abriu o portão e me entregou o catálogo.

— Pronto está aqui seu catálogo, mande um abraço pra sua mãe meu gato.

— E você como se chama mesmo?

— É Pedro!

— Então, vai querer procurar mesmo?

— Sim, posso entrar?

— Claro, fique à vontade.

Pedro foi entrando todo feliz na casa e virou pra mim com um sorriso no rosto.

— Tchau Jorge, como segunda feira é feriado na terça a gente se vê na escola, e com o álcool em pó.

— Pedro, a sua mãe não vai ficar preocupada com você? Acho melhor você ir!

— Eu liguei pra ela e disse que ia atrás de um trabalho pra escola, ela não vai ficar preocupada, eu vou procurar, onde pode estar dona Rute?

— Entra no corredor que tem uma dispensa bem grande, é onde eu guardo os produtos.

— Até mais, Jorge.

E os dois entraram na casa e ela fechou o portão, e agora o que eu faço? Chamo a polícia? O que eu vou falar? Ela já deve estar amarrando-o na cama, coitado do Pedro, tudo culpa do Nando, vou ligar pra ele a hora que chegar à minha casa, foi sacanagem ter largado ele lá, agora não vou conseguir dormir sem saber o que aconteceu com o Pedro. Já estou próximo de casa, andando sozinho parece que a rua não acaba mais, com a Sandra a caminhada passa rápido, pois ela gosta de conversar, porque será que ela ficou tão brava comigo, sempre fomos amigos, e assim quando virei à esquina dei de cara com o velho do chapéu, que me olhou dos pés à cabeça, nunca o tinha visto tão de perto.

— Boa noite, garoto.

— Boa noite, senhor.

— Já sei você ia me chamar de velho do chapéu?

— Não senhor, eu não sei o seu nome.

Eu fiquei paralisado na frente do velho do chapéu, acredito que ele deve ter percebido que fiquei pálido, pois o susto foi terrível.

— Bem você é o Jorge, filho do velho Chico da eletrônica.

— O senhor sabe meu nome?

— Sim filho, eu sou Simon, mande um abraço ao seu pai.

Meu coração estava disparado de medo, e o velho do chapéu se retirou caminhando lentamente com sua bengala, eu nem imaginava que ele me conhecia, e sabia o meu nome, mas que homem estranho, como poderia saber de tudo isso se não conversa com ninguém? Continuei caminhando até chegar à minha casa, e fui até a cozinha e minha mãe estava sentada a mesa tomando um chá.

— Oi mãe.

— Oi filho, como foi o seu dia?

— Foi bem, aqui a revista da irmã Rute, e a receita do bolo da tia Fábia.

— E como ela está?

— O tio Fred disse que ela está "naqueles dias" e por falar nisso o que é estar "naqueles dias"?

— Ai filho, ele estava se referindo a menstruação dela, ou seja, ela não está grávida e todo mês ela fica decepcionada, coitada da Fábia.

— Mãe, e porque será que ela não fica grávida?

— Só Deus é quem sabe, filho.

— Mãe a senhora não vai acreditar, quem falou comigo agora há pouco!

— Quem?

— O velho do chapéu.

— Ele conversou com você?

— Eu dei de frente com ele na esquina, e ele falou boa noite, e a senhora acredita que ele sabia o meu nome.

— Sim filho, ele quando estava na igreja, conhecia todos, e ele se vangloriava por não esquecer os nomes das pessoas, ele tinha uma ótima memória, se teu pai souber que você falou com o velho do chapéu, ele vai ficar muito bravo.

— Eu sei, mas foi sem querer!

— Tudo bem, mas evite se encontrar com ele, pois é um desviado e pode tentar te tirar do caminho do céu.

— Lá vem à senhora com os papos de igreja, vou subir.

Deixei minha mãe na cozinha tomando seu chá, meu pai deve estar na oficina, ele fica até tarde às vezes, vou ligar pro Pedro ver se ele já chegou.

—Alô, quem fala?

— Aqui é a Cris.

—Oi Cris aqui é o Jorge, amigo do Pedro, ele está?

— Sim, só um minuto.

Ainda bem que Pedro já chegou o que será que aconteceu? A Cris é irmã do Pedro, eu nunca a vi, dizem que ela é muito bonita.

— Alô?

— Oi Pedro, e aí como foi lá na casa da dona Rute?

— Olha Jorge, eu não posso falar agora, estou tendo uma conversa muito séria com meus pais, a gente se fala na terça-feira na escola, até mais.

O que será que houve com o Pedro, ele está conversando com os pais, ai meu Deus a velha deve ter atacado ele, e agora vão ter que levá-lo pra polícia, e eu ajudei acontecer isso! Que vou fazer?

—Jorge.

— Oi Pai.

— Desce aqui um pouco.

— Estou indo.

Comecei descer as escadas e imaginando que minha mãe já havia contado pro meu pai sobre o velho do chapéu.

— Faz um favor pra mim, preciso que você vá até o mercado e compre pra sua mãe algumas coisas que estão faltando, pois estou indo na reunião só de homens na igreja.

—Sim pai, eu vou daqui a pouquinho.

Essa é outra coisa que não entendo na igreja, eles fazem reunião só para homens e outra só para mulheres, e o que será que eles comentam lá? Eu acho que na de homens eles devem falar mal das esposas e a das mulheres falam mal dos maridos.

— Filho, pegue aqui a lista do que preciso pra comprar, e outra coisa que tipo de poema é aquele que você escreveu pra Helen?

— Poema? Mas como à senhora sabe?

— Você me entregou a hora que chegou dizendo ser a receita.

— Aquilo não é poema, o Nando que escreveu pra zoar uma menina, mas peguei dele.

— Mas está assinado por você.

— Ele falsificou mãe.

— Quem tem amizade com alguém assim? É melhor você evitar a amizade dele.

— Não se preocupe mãe.

— Cuidado Jorge, vê o que você vai aprontar.

Peguei o papel da minha mãe e sai rapidinho de casa, se não ela ia me encher dos seus conselhos, mas hoje não é o meu dia mesmo, que confusão com estes bilhetes.

Capítulo 5
Início de uma amizade

Saí de casa e fui ao mercado que fica logo na esquina próximo à casa do velho do chapéu, e falando nele lá vem ele de novo vindo, será que vai falar comigo de novo? De repente quando eu olho, vejo um carro vindo em alta velocidade e acaba se perdendo na curva e invade a calçada e vi que o velho do chapéu, num reflexo rápido encostando-se ao muro da casa, mas dá pra ver que mesmo assim ele é atingido de raspão, e acaba caindo no chão, e o carro volta pra rua e segue em alta velocidade, logo a polícia passa em alta velocidade, seguindo o carro, corri então até o velho do chapéu e o ajudei a levantar.

— O senhor está bem?

— Sim, graças a Deus só machuquei um pouco o braço que bati no retrovisor, mas estou bem, foi mais o susto mesmo e acabei perdendo as forças das pernas.

— O senhor quer ajuda até a sua casa?

— Se você puder me ajudar agradeço muito, Jorge.

As pessoas que estavam na rua passavam pro outro lado, e ninguém veio ajudar, peguei as coisas do Simon e ajudei-o até chegar a sua casa.

— O senhor não quer ir ao hospital?

— Não, eu estou bem, foi só o susto mesmo, depois que passaram o asfalto o pessoal abusa da velocidade aqui.

— É verdade.

Chegamos à casa do senhor Simon, e o levei até o portão e vi que havia alguns degraus para chegar até a porta, então o ajudei até chegar à porta, então retirou do bolso uma chave grande e bem antiga, para abrir a porta, quando abriu a porta percebi que havia uma sala bem grande e no canto uma estante enorme com livros até o teto, e uma pequena poltrona com uma luminária que eu deduzi que era pra leitura.

— Jorge, me ajuda a chegar até aquela poltrona, por favor.

— Eu acho que o senhor precisava ir ao hospital, tem alguém que eu possa ligar pra ajudar o senhor ou alguém da família?

— É Jorge, acho que você não me conhece, pensei que seu pai havia falado de mim pra você! Eu não tenho ninguém, sou sozinho, meu único filho sofreu um acidente alguns anos e faleceu e não tenho mais ninguém.

— Mas o senhor não tem amigos?

— Já tive, mas agora não tenho mais, por favor, pegue uma caixa de primeiros socorros que se encontra sobre uma pequena mesa na minha cozinha, não querendo abusar, filho.

— Que isso, o senhor pode contar comigo pra te ajudar.

— Só faça isso e pode ir embora, pois sei que você é da igreja do pastor Nilson e se souberem que você conversou comigo ou me ajudou vão te excluir da igreja e seu pai não vai gostar, e não quero te complicar.

— Imagine ajudar as pessoas é uma coisa que Deus se agrada. Se é que Deus existe. Entrei na cozinha toda azulejada com desenhos e detalhes e percebi serem bem antigos, os móveis de toda a casa são bem antigos, parece até ter viajado uns quarenta anos atrás, percebi outra sala próximo à cozinha, onde estava com a porta meio aberta e com a luz acesa e pude ver a silhueta de alguns objetos metálicos, parecia ser um laboratório, será que o Simon era cientista? Peguei a caixa e levei até ele e entreguei ao senhor Simon que estava me olhando diferente.

— Me diga Jorge, você não acredita em Deus?

— Não sei senhor Simon, em que acreditar.

— Filho, eu posso te garantir que Deus existe.

— Como senhor pode afirmar isso se a igreja te desprezou, e te abandonou? E as coisas ruins que acontece no mundo, a Bíblia é uma mentira segundo a ciência.

— Eu preciso ter um tempo pra te mostrar algumas razões sobre Deus, e porquê de tudo isso no mundo e a ciência ela não nega a Bíblia e sim apenas explica o que tem escondido nela.

— Pelo que vejo o senhor tem muito conhecimento, só pela sua biblioteca vejo que o senhor estuda muito.

— Jorge, estudei muito, e sempre questionei coisas da religião, sobre a vida e a bíblia, e escrevi alguns livros e isto foi à causa da igreja me expulsar, pois muitas coisas que escrevi iam contra o que a religião pregava, faz o seguinte você gosta de ler?

— Não sou muito chegado.

— Seria bom você gostar de ler, vá até ali na terceira prateleira e veja se tem um livro escrito, A Existência.

— Tem sim, posso pegar?

— Leve e leia é bem fininho e rápido pra ler, ele vai esclarecer algumas dúvidas suas.

— Obrigado, assim que terminar te devolvo.

— Espero que você leia, e pode ficar com ele, mas acho melhor você ir, para não te complicar mais.

— Esquenta não! Eu me viro! Mas o senhor não vai precisar mais de mim?

— Muito obrigado, mas estou melhor foi só o susto mesmo.

— Então, está bem, eu vou, mas espero conversar com senhor de novo.

— As coisas não acontecem por acaso, Deus cuida de tudo! Deus te abençoe.

— Amém, senhor Simon depois a gente conversa mais.

Nossa nunca conversei com alguém assim, como ele é bacana até me deu um livro, meus pais vão ficar bravos comigo, mas deixa-me ir ao mercado e depois quero ler esse livro, o que será que ele tem naquele laboratório? Deixa Sandra saber o que me aconteceu, ela vai ficar admirada.

Capítulo 6
Sendo Rejeitado

Bem, hoje é sábado, dia de descanso, não preciso ir trabalhar e nem ir pra escola, vou aproveitar ler o livro do Simon e ver o que tem.

— Filho, desce aqui que precisamos conversar.

— Já vou pai, só um minuto.

Acho que meu pai vai querer saber sobre o senhor Simon, e porque conversei com ele, comecei a descer as escadas e percebi que a Sandra estava na sala com sua mãe e estava com os olhos bem vermelhos como se estivesse chorado.

— Oi Sandra, oi dona Fernanda, tudo bem.

— Oi Jorge.

— Filho, A dona Fernanda veio aqui, porque disse que o filho dela foi preso ontem por estar dirigindo o carro em alta velocidade e fugindo da polícia, agora ela precisa de um advogado para tirar o filho dela da delegacia, você pode levar ela até o seu tio Raimundo, não consigo falar com ele por telefone.

— Sem problemas, levo vocês até a casa dele.

Então quem atropelou o senhor Simon, foi o irmão da Sandra, o pior que agora a polícia o prendeu, quero ver sair dessa.

— Jorge, muito obrigada por nos ajudar.

— Que isso Sandra, você é minha amiga.

— Sim é que ontem te maltratei, me desculpa.

— Pare Sandra, não precisa me pedir desculpas, sei que às vezes, sou muito chato.

A dona Fernanda estava bem quieta, ela gosta muito de conversar, mas este problema com o filho a deixou bem triste, meu tio Raimundo é irmão de minha mãe e ele é um ótimo advogado, acredito que conseguirá resolver a situação do irmão da Sandra. Assim que chegamos, meu tio atendeu a dona Fernanda e fomos todos para a delegacia, e depois de muita conversa e papelada pra assinar, ele foi liberado, mas o carro ficou na garagem da polícia, pois havia batido num poste e quando tentou correr a polícia o pegou. O carro era da dona Fernanda e não estava no seguro, e pelo jeito ainda estava pagando. O irmão da Sandra, também chamado de Sandrão saiu de cabeça baixa sem falar nada e voltamos todos para casa.

— Jorge, mais tarde eu venho aqui pra gente conversar.

— Certo! Tenho novidades pra te contar, Sandra.

A dona Fernanda me agradeceu e elas foram pra casa e imagino o sermão que ela vai dar no Sandrão. Foi só chegar à porta, que minha mãe estava me esperando, com uma cara não muito amigável.

— Precisamos conversar, antes que seu pai chegue.

— O que foi mãe?

— A dona Margarida me falou que você entrou na casa do velho do chapéu, é verdade?

— Mãe, ele quase morreu atropelado pelo irmão da Sandra ontem, e eu apenas o ajudei a chegar à sua casa, mas foi só isso e qual o problema?

— Ele está desviado e qualquer coisa ruim pode acontecer com ele, pois pertence ao diabo, mas você ainda não, fique longe dele, senão irá te levar para o inferno.

— Mãe a senhora não vive dizendo que devemos amar o próximo e ajudar?

— Sim, mas não devemos ajudar os que estão perdidos, pois já decidiram os seus caminhos.

— Mas uma pessoa não pode se arrepender, mãe?

— Pra quem está perdido é muito difícil! E vou dizer fique longe dele, por que se seu pai souber disso, eu não sei do que ele é capaz.

— Mas, o senhor Simon pareceu ser muito legal.

— Cuidado que você está sendo enganado, e não se fala mais nisso.

— Está bem, mãe.

Fui até meu quarto, e peguei o livro que havia ganhado do senhor Simon, e ao ler o livro comecei a ficar admirado, pois havia explicações sobre, os homens que existiram há seis milhões de anos atrás, e com fatos bíblicos, ai fiquei sem entender, houve civilizações no passado antes de nós, e conforme ia lendo mais confuso ficava, pois tudo que havia aprendido na escola e na igreja pareciam totalmente diferente do que o senhor Simon explicava no livro, e cada vez que eu lia mais intrigado ficava e mais queria saber, quando percebi havia passado mais de três horas, e nunca tinha me dedicado tanto tempo em um livro, então resolvi descer e comer alguma coisa, ao descer a escada percebi pela janela que alguém se aproximava no portão e parecia a Sandra, então fui até lá fora para ver.

— Oi Jorge.

— Oi Sandra, quer entrar e comer um lanche comigo?

— Obrigada, mas já comi em casa, mas vim aqui pra saber, que novidade queria me contar?

Percebi que a Sandra, estava ainda triste e que na verdade ela queria conversar um pouco pra esquecer o que havia acontecido com o irmão, por isso achei melhor não perguntar nada.

— Sandra, você não vai acreditar onde eu estive ontem.

— Já sei na casa da irmã Rute, ela te agarrou e você gostou.

— Sem graça! Fui lá sim, mas quem entrou lá foi o Pedro e nem sei o que aconteceu, liguei pra ele, mas me falou que só conversa comigo na terça, pois estava tendo uma conversa séria com seus pais.

— Que horror Jorge! O que será que aconteceu?

— Sei lá, só na terça vamos saber, mas não era isso que queria falar.

— Então, fala que estou curiosa.

— Fui à casa do velho do chapéu, o senhor Simon.

Levei um empurrão que quase fui parar na rua, Sandra tem essa mania de empurrar quando fica surpresa.

— Você está mentindo pra mim?

— Claro que não, o velho tem um laboratório na casa dele, acho que ele deve ser um cientista, e ainda me deu um livro dizendo que iria me ajudar a entender um pouco mais sobre Deus.

— Fala sério Jorge! Você está de brincadeira, ninguém jamais entrou na casa do velho!

— Estou te falando, e tenho um livro de prova, pra te mostrar, o nome do livro é "A Existência", e foi escrito por ele, o velho do chapéu.

— Jorge você é demais! Sou sua fã.

— Que isso.

— Imagine na escola se souberem disso, é capaz até de sair na primeira página do jornal da escola.

— Calma Sandra, ninguém deve saber, minha mãe ficou sabendo pela nossa vizinha linguaruda, e já me deu um sermão, e se meu pai souber serei expulso de casa.

— Tudo por causa da igreja?

— É o velho do chapéu é o Satã em pessoa pra eles.

— Pode ficar tranquilo que não conto pra ninguém.

De repente, meu pai sai na porta da frente e gritando e queria que eu entrasse.

— É Jorge, seu pai deve ter descoberto sobre o velho, ele não está com uma cara boa, boa sorte! Qualquer coisa que você precisar é só me avisar.

— Valeu Sandra.

Entrei em casa e meu pai parecia estar soltando fogo pelo nariz, e quando percebi que ele estava com o livro do Simon na mão, minha mãe sentada na poltrona chorava como uma criança.

— Que história é essa de você conversar com o velho do chapéu? E esse livro profano? Como conseguiu?

— O senhor Simon, me deu, pois ele quase foi atropelado, e o ajudei.

— Você ajudou aquele herege?

— Não é possível, o que nós conversamos sobre ele outro dia?

— Pai ele é um velho e me pareceu ser uma pessoa legal.

— Ele já fez a sua cabeça, bem disse o pastor Nilson, que o velho tem demônios e consegue enganar até os membros da igreja.

— Pai, eu acho que não tem nada demais conversar com ele.

— Está vendo mulher, falei pra você não dar moleza pra ele, e agora está todo cheio de pecado.

— Pai, se o senhor ler este livro, você vai entender o que eu estou dizendo.

— Você já leu este livro?

— Ainda não parei na metade.

— Meu Deus! Perdi um filho para o inferno.

— Calma! Isso já é absurdo, me condenar para o inferno só por ler um livro?

— Fora da minha casa! Você já está cheio de demônios.

— Chico! Você não precisa colocar o nosso filho pra fora de casa.

— Isto é culpa sua Maria, se não o apoiasse a faltar nos cultos.

— Pai, pra onde eu vou?

— E não me chame mais de pai, seu desviado. Não sei pra onde você vai, só sei que aqui você não fica, até que se arrependa e venha na igreja e peça perdão pra todos, e assim terá que ficar em disciplina, por uns sei meses, e quando se purificar, poderá voltar pra sua casa.

Isto pra mim foi um choque, não conseguia entender meu pai, minha mãe chorava muito e meu pai impedia que ela viesse me abraçar, acho que com medo dela se contaminar.

— Posso pegar minhas coisas?

— De jeito nenhum, vai sair com a roupa do corpo, e só voltará daqui seis meses quando se purificar dos seus pecados.

— Mas pai! O senhor não pode fazer isso.

— Claro que posso! Isso é o que devemos fazer para quem está seguindo uma nova doutrina, já diz o regimento da igreja Caminho do Céu, se arrependa que um dia você pode voltar.

E assim fui saindo para o lado de fora da casa, e meu pai fechou a porta e trancou as janelas, neste momento o meu mundo desabou, e não sabia mais o que fazer, até a fome desapareceu, foi então que me lembrei da minha tia Fábia, não sei se ela me daria abrigo, mas, teria que tentar, pois não poderia ficar na rua, sai pela rua chorando, sem entender o porquê de tudo isso, após uma caminhada que parecia sem fim, cheguei à casa da minha tia, as luzes estavam acesas, já havia começado a escurecer, apertei a campainha e esperei, e o meu tio saiu na janela e gritou pra minha tia.

— Fábia, advinha quem está no portão?

— É o Jorge querido?

— Não, é o herege do Ruela!

— Pare Fred, deixa entrar.

Minha tia saiu, abriu o portão e me deu um abraço ali mesmo na rua, isto pra mim foi um conforto muito grande, pois sabia que podia contar com eles, e comecei a chorar.

— Vamos entrar filho, seu pai é um cabeça oca, ele vai ver comigo amanhã.

— Zé ruela, você tinha que se meter com o velho do chapéu?

— Pare Fred, o menino está abalado.

— O meu irmão Chico, é um retardado, fica ouvindo tudo que o Nilson fala, é isso que dá.

— Bem filho, aqui você pode ficar tranquilo, que aqui você pode ficar sem problemas.

— Mas meu pai não vai querer falar com vocês.

— Não se preocupe, após a briga, sua mãe me ligou, e pediu pra te acolher, e o Fred vai amanhã cedo buscar suas coisas que sua mãe vai preparar, lógico que sem seu pai saber.

— Mas o Zé ruela, que livro era esse que seu pai pegou? Era de sacanagem?

— Não, era do Simon, e falava sobre a existência de homens no passado antes de Adão, e tudo sendo explicado pela ciência e a bíblia.

— Está vendo, como está juventude hoje! Se fosse de sacanagem, garanto que ele não teria te expulsado de casa, você precisa escolher melhor seus livros, menino.

— Cala a boca Fred, o menino está triste.

— Estou brincando com ele querida, já conheci o velho Simon, antes de ser expulso da igreja, ele é um cientista bem reconhecido pelo mundo científico, um homem muito inteligente, o problema dele foi colocar algumas de suas teorias em livro o que causou todo este transtorno.

— O senhor já conversou com ele tio?

— Sim, mas já faz muito tempo, cheguei a ler uma das suas teorias de viagem pelo tempo.

— Viagem pelo tempo?

— É o velho começou a caducar.

— Chega desta conversa Fred, vou preparar um lanche pra você Jorge e arrumar o quarto de hóspedes.

—Hoje o meu dia foi terrível.

— É Ruela, você pode ficar aqui, e dependendo da sua tia, você vai engordar e quando precisar sair vou ter que estourar a porta.

— Não liga pra ele Jorge, isto é ciúme.

Fui com minha tia até a cozinha e realmente como disse meu tio, se deixar ela vai me engordar, comi tanto que parecia que ia explodir, assim que terminei fui para o quarto de hóspedes, mas não conseguia dormi, ficava pensando em minha mãe, meu pai, a briga, o senhor Simon, e a viagem pelo tempo, será que realmente seria possível? E assim ficaram meus pensamentos.

Capítulo 7
Um Domingo diferente

— Acorda o Ruela! Pega a mochila que tua mãe mandou.

Meu tio me acordou jogando uma mochila sobre mim.

— O senhor foi lá?

— Não, ela mandou via e-mail. É lógico que fui lá.

— E como ela está, tio?

— Bem abalada, mas eu ainda vou ter uma conversa com seu pai.

Nisto minha tia entra no quarto, com um olhar meio que assustada.

— Fred o Chico e o pastor Nilson estão aí e querem falar com você.

— É Zé ruela, isso ainda vai dar pano pra manga, deixa ver o que eles querem.

Então me levantei, e fui com minha tia até a janela da frente pra ver se dava pra ouvir a conversa, mas eles ficaram muito longe, próximos da calçada e lá ficaram gesticulando e falando, às vezes parecia que meu tio queria bater no meu pai, e o pastor Nilson entrava na frente, e meu tio entrou na oficina e retirou o carro do pastor Nilson, que estava para conserto, e eles entraram no carro e saíram; a minha tia se aproximou da porta e esperou pelo meu tio.

— E aí Fred, o que aconteceu?

— Esse seu pai, Ruela, é terrível o homem está enfeitiçado pelo pastor Nilson, eles vieram aqui e disseram que se eu ficasse ajudando o menino, eles não iriam mais falar com a gente e levaram o carro pra consertar em outra mecânica, e toda a igreja já está sabendo que o Ruela, é discípulo do velho do chapéu, então entreguei o carro, pois não adianta argumentar com eles, eu até tentei meter a mão na cara do Chico, mas aquele Nilson me segurou.

— Meu amor, pelo menos ele pagou o que foi feito?

— Disse, que não tinha mais compromisso com quem encoberta um herege.

— Me desculpa tio, não queria prejudicar vocês, eu vou embora e assim vocês não precisam passar apertado por minha causa.

— Calma Ruela, você acha que eu trabalho só com os da igreja Caminho do Céu? Tenho muita clientela do Caminho do Inferno também.

— Pare Fred, Que absurdo!

— Absurdo fazerem isso pra um menino de 16 anos, você pode ficar aqui com a gente o tempo que precisar, deixa esses idiotas pensarem o que quiserem.

— Tia, eu vou tomar um banho e vou até a casa da Sandra, ela deve ter ficado preocupada comigo, e vou dizer pra ela não se preocupar.

— Sem problemas filho, mas tome cuidado que a gente não sabe o que esse povo pode fazer.

— Pode deixar, tia.

Assim que tomei banho, percebi minha tia no quarto dela chorando, mas ao me aproximar da porta notei que ela estava de joelhos dobrado ao lado da cama e falando com Deus, e ouvi dizendo para Deus me ajudar e que me desse força pra vencer as lutas que estava acontecendo comigo. Achei que minha tia não falava mais com Deus, depois da desilusão que teve, mas agora pedia a Deus em meu favor, isso me comoveu, senti que realmente minha tia se preocupava comigo. Saí devagar pra ela não perceber que eu estava ali e fui à casa da Sandra, pelo caminho encontrei algumas pessoas da igreja que se afastaram de mim, como a notícia é rápida no meio do Caminho do Céu. Ao me aproximar da casa, vi Sandrão sentado com alguns rapazes na porta da casa e fui falar com ele.

— Oi Sandrão.

— Fala.

— A Sandra está em casa?

— Chegou tarde, ela acabou de sair com minha mãe, foram levar meu pai para a clínica de novo.

— Ele não melhorou?

— Aquele lá só morrendo pra deixar a gente em Paz.

— Poxa! Não precisa falar assim também, uma hora ele pode melhorar.

— Você, tem sorte de ter um pai sóbrio Jorge, só eu sei o que é ter um pai pinguço.

— Está bem, se a Sandra aparecer diga que estou na casa de minha tia.

— Por um acaso eu tenho cara de entregador de recado? Depois você fala com ela.

— Tudo bem, valeu!

O Sandrão é um cara muito estranho e vive arrumando briga por aí, achei melhor sair e pensei em voltar pra casa de minha tia, mas ao virar a esquina, meu pai e o pastor Nilson estavam caminhando na minha direção, então atravessei a rua e entrei na biblioteca municipal e fui até as prateleiras como se fosse procurar um livro, enquanto eles passavam, fiquei de olho na direção da rua, enquanto ficava disfarçando, alguém me tocou nos ombros e virei para ver quem era, era o senhor Simon.

— Causei problemas pra você, Jorge?

— Oi, Senhor Simon.

— Fiquei sabendo que seu pai te colocou pra fora.

— A notícia voa, quem te contou?

— No mercado da Zenaide, ela estava comentando com uma senhora da Igreja.

— Que coisa.

— Realmente Jorge, eu não queria complicar tua vida, me desculpa se quiser vou conversar com teu pai e creio que ele entenderá e poderá voltar pra sua casa.

— Acho melhor não, se eu que sou filho, só por ter conversado com o senhor, ele já me colocou pra fora, se o senhor for falar com ele, acho que vai te apedrejar.

— Mas essa situação não pode ficar assim.

— Não se preocupe, já estou na casa de minha tia, por isso estou cada dia com mais raiva da igreja.

— Jorge, a sua raiva não é contra a Igreja, e sim contra a religião.

— E não é tudo a mesma coisa?

— Claro que não! A Igreja é aquela deixada por Jesus, e que segue as suas doutrinas e ensinos, e a religião são ensinos de homens que entraram no meio da igreja, por isso a igreja de Cristo hoje está dividida em partes e cada uma com um nome diferente, mas um dia Jesus vai tirar de cada religião a sua verdadeira igreja.

— Isso é muito complicado, e como o senhor ainda defende a igreja que te colocou pra fora?

— Muito simples, eu não saí da igreja, saí foi da religião Caminho do Céu, mas ainda pertenço à verdadeira igreja de Cristo, isto ainda é assunto pra muita conversa, mas preciso terminar um experimento em minha casa, vim aqui colher mais algumas informações científicas em alguns livros.

— O senhor tem uma biblioteca enorme, e ainda vem aqui procurar livros?

— Eu não tenho todos os livros do Mundo, Jorge, e aqui eu não gasto muito.

— Por falar em experimento, é verdade que o senhor tem uma teoria sobre a viagem no tempo?

— Quem falou isso pra você?

— Meu tio Fred.

— O Frederico da oficina mecânica?

— Sim, ele me disse que chegou a conversar com senhor.

— É isto faz muito tempo e ele sempre se interessou por minhas teorias, mas depois de tudo, não conseguimos conversar mais.

— Então, senhor Simon é possível viajar no tempo?

— Vejo que você é um jovem curioso, e pelo jeito sofre por tentar conseguir a verdade!

— Eu só gostaria de saber a verdade, não porque alguém falou, ou deixou escrito, quero ver.

— Jorge, você gostaria de descobrir mais coisas, mesmo que isso cause mais separações de amigos e família?

— Como assim?

— Vejo que és um jovem inteligente e que defende os seus interesses, então vou te dar duas opções, você vai a minha casa novamente, e descobrirá coisas que ninguém nunca ouviu falar, e assim a sua situação pode complicar, ou você volta pra casa de tua tia, espera seu pai se acalmar e terá a sua vida normal novamente , e não nos falamos mais, e fica com suas dúvidas, o que acha?

— Só em algumas páginas do seu livro, acabei ficando muito interessado e pra quem já está sendo tratado como herege, o que custa ir um pouco mais à fundo?

— Você quem sabe, preciso de alguém que me ajude e aprenda, para poder levar o conhecimento à frente, tinha esperança que meu filho aprendesse tudo, mas quis Deus levá-lo! Se eu morrer a minha ciência morre comigo, você será a minha esperança. Agora não quero te complicar, Jorge, pois uma vez tendo o conhecimento, sua vida poderá ser difícil, e poderá ser rejeitado por muitos.

— Estou a fim de arriscar e ver como será!

— Está bem, vamos até a minha casa, e te mostro no que tenho trabalhado nestes últimos anos.

— Estou muito curioso mesmo.

Capítulo 8

A Máquina do tempo

O senhor Simon saiu da biblioteca e fui com ele, mas não falou mais nada pelo caminho, acredito que era pra me fazer pensar sobre a decisão que deveria tomar naquele momento, meu pai e o pastor Nilson não estavam mais na rua, eu estava totalmente curioso para saber no que o senhor Simon estava trabalhando e ao mesmo tempo ficava pensando na minha mãe e na angustia de me ver como um desviado! Acho que o senhor Simon poderá me ajudar a ter respostas, assim que chegamos à casa dele, não havia ninguém na rua e quem poderia garantir que não fui visto por alguém? Ao chegarmos percebi uma pequena placa cheia de fios e componentes eletrônicos, e várias ferramentas sobre a mesa, nem meu pai tinha tantas ferramentas como senhor Simon, o que ele estaria fazendo? Então, olhou pra mim e me fez um sinal com a mão para acompanhá-lo, fui seguindo até que chegou a sala que da última vez tinha visto de relance, ele entrou e fui logo atrás, era uma sala bem iluminada e vi uma máquina que nunca tinha visto, nem em filme de ficção, era algo fantástico, como se fosse um carro, mas pequeno em forma de uma bola, mas todo fechado de vidro e somente a parte debaixo era de metal e havia um compartimento aberto de onde saia alguns fios, e aquela placa que vi sobre a mesa deveria se encaixar ali, dentro havia dois bancos de couro, de cor branca, com cintos de segurança soltos, que provavelmente segurariam alguém pela cintura e peito, a porta de entrada era pequena e estava aberta abria pelo lado detrás e para passar por ela tinha que se agachar bem, no painel havia alguns relógios digitais e apenas alguns botões e o que mais me chamou a atenção foi não ter volante, como alguém poderia dirigi-lo? Ao olhar em baixo percebi possuir apenas três pequenas rodas, acredito que não pega muita velocidade, não achei o tanque de combustível, virei para o senhor Simon que estava com um olhar de como quem apresentava uma obra de arte.

—E aí Jorge, o que você achou?

— Achei interessante, mas onde está o volante? E tem outra coisa, o senhor construiu esse carro aqui dentro, como pretende tirá-lo daqui se a porta é estreita?

— Não é um carro, Jorge, nem vai sair andando daqui.

— Algumas pessoas diziam que o senhor era maluco, e agora estou começando a acreditar.

O senhor Simon começou a rir e pegou alguns papéis que estavam no chão e trouxe até mim.

— Leia o que está escrito no título do projeto.

— Máquina do tempo?

— Isto mesmo, esta máquina será capaz de fazer com que a gente viaje pelo tempo.

— Mas isso é possível?

— É pra isso que estou trabalhando, acredito que vou conseguir e assim vou provar a minha teoria de civilizações antigas antes de Adão.

— Meu Deus! E como essa máquina funciona? É gasolina?

— Essa máquina funciona com a mais nova tecnologia, ela utiliza uma pequena pastilha de urânio enriquecido, e que fará com que elétrons girem em torno da máquina na velocidade da luz, e assim entraremos numa dimensão temporal, e poderemos viajar através do tempo.

— Não entendo nada de energia atômica, só sei que ela é perigosa.

— Não precisa se preocupar o urânio que utilizo, é igual ao que é utilizado dentro de máquina de hospitais para tratamento de doenças, você pode me achar maluco, mas acredito que será possível viajar, o meu filho me ajudou muito neste trabalho, ele sempre ia buscar peças pra mim, viajava muito até fora do país em busca de material para construir esta máquina, até que um dia ele sofreu um acidente de carro e acabou perdendo a vida, fiquei muito chocado e fiquei alguns anos sem mexer com isso, mas agora estou no final.

— E o que falta?

— Somente codificar a placa de envio de elétrons que está na mesa da sala, e com isto colocá-la no lugar e viajarmos.

— Viajarmos? O senhor quer que eu vá junto?

— Se você quiser, pois gostaria de uma testemunha comigo, garanto que vai ver coisas incríveis.

— E se isso explodir? Daí realmente vou ver coisa que nunca vi mesmo, os pedaços do meu corpo voando pra tudo quanto é lado, iguais aos homens bombas.

— Garanto que não explode, pois não usa combustível explosivo, é totalmente seguro, vou deixar você pensar um pouco enquanto trabalho nela, vou levar algumas horas, acredito que amanhã cedo poderemos partir. Faça o seguinte vá para a casa de sua tia pense sobre o assunto e esteja aqui amanhã às dez horas, se você não vier irei sozinho, mas não poderá falar nada pra ninguém, ou vão te chamar de maluco.

— Senhor Simon, realmente eu estou numa dúvida tremenda, vou realmente pensar no assunto e se amanhã eu estiver aqui garanto que realmente sou um maluco.

— Jorge, a escolha é sua, se você não quiser não há problema, mas perderá a oportunidade de ver realmente a verdade, pois não é isso que você me disse? Que queria ver a verdade?

— Sim, mas nunca imaginei que isso seria possível, viajar no tempo, vou embora e até amanhã resolvo.

— Só que tem de ficar calado, não conte isso pra ninguém.

— Pode deixar, isso ficará comigo, até mais, senhor Simon.

— Até, Jorge.

Sai da casa do senhor Simon a rua ainda estava vazia e caminhei pensando na proposta, será que realmente poderíamos viajar no tempo? Caminhei alguns instantes e cheguei próximo a minha casa, e pela janela pude ver minha mãe sendo consolada por algumas mulheres da igreja, pensei em entrar, mas seria um problema, não sei como seria a reação de minha mãe, então vi que a oficina de meu pai estava fechada, assim posso continuar descendo a rua sem problemas, minha cabeça estava até doendo só de pensar nas coisas do senhor Simon, o que deveria fazer? E se o Simon fosse realmente maluco? Entraria numa situação bem complicada. Quando cheguei à casa de minha tia, meu tio Fred estava sentado, naquele banco de carro, que ele deixa na frente da oficina.

— E aí tio, esperando cliente?

— Não, estou vendo o vizinho ali da frente tentando pegar o celular que o filho jogou em cima do telhado.

— Aquele menino pequeno?

— Sim ele pegou o celular de dentro do carro sem o pai perceber e jogou no telhado!

— E como o pai descobriu?

— O menino mesmo ficava apontando com o dedo!

— Qual a idade do menino?

— Deve ter uns quatro anos.

— O pai deve estar com muita raiva.

— Que nada ele estava rindo da arte do filho, diferente do seu! Pois a arte que você fez Ruela, o seu pai vai demorar te perdoar.

— O que fiz de errado? Só porque eu conversei com um velho que é maluco?

— Ruela, não é um velho qualquer, é o pastor desviado e isso para a igreja é falar com o diabo.

— Tio, tem coisa que eu não entendo.

— Nem eu! E olha que já vi muita coisa por aí.

— Porque meu pai não pensa que nem o senhor?

— É porque sou muito mais bonito e inteligente, seu Ruela.

— O senhor conversava com o Simon e o que você acha desta teoria de viajar no tempo? Seria possível?

— Segundo alguns arquivos que li, do senhor Simon seria possível através de uma chuva de elétrons na velocidade da luz.

— Sim, mas o que o senhor acha?

— Pela bíblia, muitos viajaram no tempo, os profetas tiveram esta oportunidade, mas tudo isso em espírito, se você ler apocalipse vai ver isso acontecer com o João apóstolo, então deduzo que somente é possível viajar no tempo se Deus permitir, se não o camarada não sai do lugar.

— Entendi! Mas se voltássemos no tempo poderíamos ver Deus criando o mundo?

— Ruela, pare de pensar que já começou a feder sua cabeça.

— Ah tio, é que eu estou curioso.

— Não sei muito sobre isso e também nem me interessa mais, pois já os dias atuais estão difíceis de administrar, imagine ter que pensar em outros tempos.

— Está bem.

— Veja! O homem conseguiu pegar o celular.

— E o menino está fazendo a festa.

— É assim mesmo alguns precisam aprontar pra chamar a atenção dos pais, não é o seu caso né Ruela?

— Claro que não tio, foi um acidente conversar com o velho do chapéu.

— Bem eu vou entrar e ver um pouco de futebol, você vem?

— Daqui a pouco, vou ficar aqui ainda pensando sobre a viagem no tempo.

— Isso, depois você raspa a cabeça usa um chapéu e uma bengala e fica no lugar do senhor Simon! Daí vão te chamar de "O Ruela do Chapéu".

Bem que o senhor Simon me disse pra ficar no lugar dele, se meu tio soubesse disso ele iria me atormentar sem parar, ele entrou na casa e foi assistir ao jogo de futebol, ele não torce pra time nenhum e mesmo assim gosta de assistir o futebol, esse era um dos motivos de meu pai discutir com tio Fred, pois para meu pai futebol é coisa do diabo. A hora passa e não deixo de lembrar de que às dez horas de amanhã o senhor Simon irá viajar no tempo, será que Deus permitiria isso? Já imaginou viajar no tempo e encontrar com Jesus a dois mil anos atrás! O que será que Ele falaria comigo? Será que também me condenaria? Poderia perguntar muita coisa pra Ele pessoalmente, quando percebi estava cochilando no banco, e fui acordado pela Sandra.

— Jorge acorda! Acho bom você procurar um médico, está dormindo à toa.

— Oi Sandra, essa noite não consegui dormir direito.

— Fiquei sabendo que seu pai te colocou pra fora, minha mãe ouviu lá no mercado da Zenaide, e me avisou, por isso vim aqui.

— Fui te procurar e seu irmão disse que vocês tinham ido internar seu pai de novo.

— É ele teve uma recaída e voltou a beber.

— Que coisa e agora?

— Só Deus pra nos ajudar! E você o que vai fazer agora?

— Vou ficar aqui com meus tios, e esperar a poeira baixar.

— Tudo isto por causa do velho do chapéu?

— As coisas se complicaram.

— Nós dois estamos bem complicados, meu pai vive na bebedeira e o seu na religião.

— É verdade, não sei qual é o pior.

Minha tia apareceu na frente da casa, e com o guardanapo na mão e pelo jeito ficou feliz em ver a Sandra conversando comigo.

— Meninos venham almoçar, também estou te convidando Sandra.

— Obrigado, dona Fábia, mas vou pra casa.

— Não me faça desfeita, venha almoçar será uma alegria pra mim.

— Vamos Sandra, assim a gente pode conversar mais.

— Está bem.

Entramos na cozinha e tudo estava arrumado, até pra Sandra já tinha um prato, meu tio continuava na sala assistindo ao jogo, minha tia ficou olhando pra mim e pra Sandra com um sorriso no rosto.

— Vamos comer que seu tio só vai comer a hora que acabar o jogo.

— Dona Fábia, eu não queria atrapalhar.

— Que nada, você pra mim é como uma filha, já que não tenho filhos estou adotando os mais bonitos.

— Pelo jeito a senhora foi obrigada a adotar o Jorge.

— Ô Sandra! Pelo que entendi você está me chamando de feio?

— Que nada seu bobo, falei por você não ter onde ficar.

— É Sandra, o pai do Jorge é meio doido, acho que logo isso passa e tudo se resolve e se não passar, vou cuidar do Jorge até ele casar.

— A senhora acha que vou casar cedo?

Ela olhou pra Sandra e mexeu a cabeça dizendo que sim.

— Se você for como seu tio, Acho que sim.

— Imagina tia! Vou demorar pra casar, ainda não tenho casa e nem namorada.

— A casa e a namorada, isso é fácil.

— Seu tio tem uma casa alugada lá no bairro das flores, e a gente te dá de presente de casamento.

— O tio nunca iria fazer isso.

— Isso deixa comigo, que a gente se entende, vamos comer antes que esfrie.

A Sandra ficou vermelha e minha tia sorria sem parar, já meu tio de vez em quando reclamava do Juiz e dos jogadores, assim ficamos ali conversando e comendo, posso dizer que fiquei muito tempo excluído da conversa, a minha tia e a Sandra pareciam amigas de muitos anos e não paravam de conversar, meu tio fez um prato de comida no intervalo do jogo e almoçou na sala na frente da TV e assim ficamos até a sobremesa, minha tia sabe cozinhar muito bem e pelo jeito a Sandra gostou da comida e começou a trocar receitas com minha tia.

— Tia, a senhora me dá licença, vou lá fora um pouco conversar com a Sandra.

— Poxa desculpa, empolguei e acabei atrapalhando vocês.

— Calma, que vou ajudar sua tia a lavar a louça.

— Ai que lindo, não precisa deixa comigo Sandra, pode ir conversar com o Jorge e quando você quiser pode vir aqui pra gente conversar.

— Está bem dona Fábia, gostei muito da senhora.

— Já chega vocês duas, até parecem amigas que não se veem há muito tempo.

Sai do lado de fora com a Sandra e sentamos no banco de carro na frente da oficina, e eu gostaria muito de falar pra ela sobre o senhor Simon, mas ficava com medo de me achar maluco.

— Jorge, se eu fosse você não voltava mais pra sua casa não, ficava com sua tia ela é muito bacana e cozinha maravilhosamente.

— É verdade, mas é difícil ficar longe de minha mãe.

— Ela deve estar sofrendo muito.

— Hoje passei por lá, e ela estava com algumas mulheres da igreja, acho que estavam tentando consolá-la.

— Que coisa.

— Sabe Sandra, o meu tio ele conversava com o velho do chapéu, e me disse que o velho do chapéu pensava em viajar no tempo.

Nesta hora levei um empurrão da Sandra que quase caí do banco.

— Pare seu tonto, até parece.

— É verdade, o senhor Simon tem várias teorias e uma delas é viajar no tempo, e estava pensando se a gente pudesse viajar e voltar no tempo de Cristo, e falar com Ele pessoalmente.

— Se realmente voltasse no tempo e encontrasse com Deus, uma coisa que eu iria pedir a Ele seria a cura do meu pai da bebedeira, pois assim minha família voltaria ser feliz novamente.

— E eu, pediria que meu pai não fosse tão fanático.

— Jorge, faça o seguinte encontre com o velho do chapéu e peça pra ele viajar no tempo e levar estes assuntos pra Jesus. – Falou Sandra rindo.

— Você acha mesmo que devo fazer isto?

Levei outro empurrão e desta vez cai do banco.

— Você é tonto mesmo, hein! Eu estava te zoando.

— E se ele viajar mesmo?

— Só na maionese, Jorge.

Percebi que a Sandra não iria acreditar na viagem no tempo, então não comentei mais sobre o assunto, mesmo assim ficava pensando no convite do senhor Simon.

— Jorge, vou embora antes que minha mãe fique preocupada, agora vou dizer pra ela não se preocupar com você, pois pelo que vi sua tia te trata muito bem.

— Está bem Sandra, até mais.

— Até Jorge.

Sandra saiu e foi embora, e quando me virei percebi que minha tia e meu tio estavam me observando e quando viram que eu estava olhando disfarçaram e entraram pra dentro da casa! Porque estavam me olhando, será que pensam que a Sandra é minha namorada? Entrei pra dentro da casa e fui para o quarto! Em poucos minutos meu tio veio e me pediu ajuda para consertar a caminhonete do seu Juvenal, um homem que trabalha fazendo carreto para o pessoal do bairro. Assim fiquei ajudando o meu tio até tarde da noite, quando terminou fui com ele levar a caminhonete, assim fomos e passamos em frente à minha casa.

— É Ruela, seus pais já foram dormir.

— Eles dormem cedo.

— O velho do chapéu ainda está acordado, a luz da casa dele está acesa.

— Deve de estar estudando, tio.

— Isso que eu digo estudar é bom, mas não pode abusar se não fica doido que nem o velho do chapéu.

— Amanhã cedo vou tentar conversar com seu pai, pra ver se consigo mudar a cabeça do Chico.

— Não sei se o senhor vai conseguir.

— A sua mãe fica ligando lá em casa e falando com sua tia, ela está sofrendo bastante, mas também morre de medo de seu pai, ela devia lutar pra te defender.

— Coitada! Ela tem muito medo do meu pai.

— Amanhã a gente resolve isso.

Meu tio realmente estava a fim de resolver a situação, o que ele realmente não queria era minha tia Fábia se preocupando com tudo isto, assim ele entregou a caminhonete e voltamos a pé, meu tio está sempre de bom humor e ele veio falando sobre a igreja.

— Eu já te falei que me formei em teologia?

— O senhor fez a faculdade de teologia?

— Sim, e quem me incentivou foi sua tia, e aprendi muito.

— O senhor pode ser pastor?

— Sim, mas é uma posição que Deus é quem escolhe, pois na igreja caminho do céu, os irmãos eram contra a teologia, então, quase não podia fazer alguma coisa na igreja.

— A teologia não é o estudo sobre Deus, Bíblia e etc.?

— Sim, Jorge, mas o pastor Nilson sempre diz que a teologia é do diabo.

— Eu acho que ele tinha era medo de perder o cargo pro senhor.

— Na verdade ele tinha medo de perder o cargo pro velho do chapéu, talvez tenha sido isso que o tenha levado a excluí-lo.

— Já imaginou o senhor de pastor, a tia Fábia ia ficar orgulhosa. O senhor sabe pregar?

— Claro que sei, você não viu os bancos de madeira que fiz lá pra sala.

— Ai tio, estou falando de saber falar na frente do povo.

— Na frente não sei, mas falar por trás estou bem craque.

— Não dá pra falar sério com o senhor.

— Se eu fosse pastor, excluiria todos os idiotas da igreja e seu pai seria o primeiro e você o segundo por ser filho dele.

Assim que chegamos minha tia já havia preparado mais um lanche pra nós e já estava com roupa pra dormir.

— E aí meninos do que vocês estavam falando?

— O Ruela, queria que eu fosse pastor.

— Verdade, Jorge?

— Estava conversando com o tio sobre ele ter feito a faculdade de teologia e se ele poderia ser pastor.

— E falei pra ele que eu excluiria todos os idiotas fanáticos da igreja! Inclusive o pai dele!

— Fred! Você é doido, tem que ensinar a verdade, assim esse povo não erra mais.

— Tem uns que não vão conseguir aprender, tem o cérebro do tamanho de uma azeitona, que nem o Chico, e espero que isso não seja genético, Ruela.

— Fred, você é muito tonto, pare de zoar com o menino, coma Jorge, e depois você pode ir descansar.

— Esse Ruela, vai acabar ficando mimado nesta casa.

Assim, logo depois do lanche fui tomar um banho e dormir, mas ainda pensava se iria à casa do velho do chapéu, realmente se ele viajasse no tempo poderia ajudar muita gente, se conseguisse falar com Jesus pessoalmente, poderia até falar sobre o pai da Sandra, pediria pra minha tia Fábia ter um filho. E se de repente aquela geringonça explodir, aí é que vou dar mais tristeza pra todo mundo, e meus pais vão ter a certeza que fui para o inferno, meu Deus o que faço? Amanhã cedo eu resolvo.

Capítulo 9
A Viagem

— Jorge, acorde para tomar seu café.

— Bom dia tia, que horas são?

— Nove horas querido, a sorte sua que hoje não precisa ir pra escola.

— É verdade, hoje é dia do trabalho, mas tenho que sair, tia.

— Aonde você vai?

— Vou ver se passo na casa da Sandra.

— Ela é sua namorada?

— Não tia, ela é minha amiga.

— Sua amiga? Sei, antes de você sair, vá tomar um café.

— Está bem tia, e o tio?

— Foi à casa de seu pai e disse que iria conversar com ele, espero que consiga convencer o velho Chico, pois sua mãe está sofrendo muito.

— Eu sei tia, espero que dê certo.

— E você me faça um favor de não conversar mais com o velho do chapéu, para evitar mais constrangimento.

— Vou ver, tia.

— Olha lá em, Jorge.

Minha tia saiu e foi para a sala, então comi alguma coisa e sai correndo, havia falado que iria à casa de Sandra, mas na verdade hoje acordei com vontade de ver se realmente iremos viajar no tempo, pois como diz o meu amigo Nando, pra quem está no inferno o que custa abraçar o diabo? Assim fui em direção à casa do senhor Simon, passei pela rua de trás da minha casa pra que meu pai e nem meu tio me vissem, assim consegui chegar a casa e verifiquei se não havia ninguém, entrei a porta estava aberta e o senhor Simon estava sentado numa cadeira da sala fazendo alguns cálculos.

— Dá licença, senhor Simon.

— Sabia que você viria, ficou curioso sobre viajar no tempo, estou certo?

— Estou muito curioso e ao mesmo tempo com medo de tudo explodir.

— Não se preocupe, garanto que é seguro.

— Pra que época nós iremos?

—É isso que estou calculando, dependendo da quantidade de elétrons e velocidade, podemos ir há seis mil anos antes de Cristo, tudo é teoria, não sei se na prática será assim, uma coisa é certa, independentemente de onde chegarmos será fácil voltar, pois será na medida inversa da polaridade e velocidade.

— Senhor Simon, o senhor tem certeza que isso não vai parar na boca de um dinossauro?

— Só Deus sabe, Jorge.

— O meu tio disse que pra viajar no tempo, só com permissão de Deus, do contrário não será possível.

— Se Deus assim permitir, viajaremos, se não, ficaremos aqui frustrados e sem graça.

— Entendi.

— Vamos lá, Jorge?

— Até parece que vamos num parque de diversão.

O senhor Simon foi em direção à máquina, agora estava tudo bem arrumado, já não havia mais nenhum compartimento aberto, ele trancou a porta da sala e já foi entrando na máquina.

— Vamos Jorge, só cuidado com a cabeça.

Entrei na máquina e podia sentir o cheiro do estofamento novo, ele me deu uns óculos escuros e apertou o cinto de segurança, foi em direção ao painel programando algumas coisas e um pequeno relógio começou a marcar o número dez, então se sentou e terminou de arrumar o seu cinto, colocou os óculos e colocou sua mão em um botão, meu coração parecia sair pela boca e estava morrendo de medo.

— Pronto Jorge? Vamos lá?

— Se falar que não quero mais, vai adiantar?

— Não, agora é tarde.

— Que Deus nos guarde, que vá.

Ele então apertou o botão em sua mão e o relógio que estava marcando dez, começou a contar regressivamente, e a cada segundo tudo passava na minha cabeça, desde morrer até falar com Jesus, se bem que de qualquer forma iria falar com ele morrendo ou indo pessoalmente no tempo, quando o relógio apareceu o zero, comecei ver algumas luzes coloridas a correr em volta da máquina, parecia fogos de artifício, mas sem barulho e começaram a aumentar de velocidade a tal ponto que encobria toda a máquina e agora uma luz bem forte começou a aparecer e comecei escutar o barulho de chiado como se alguém riscasse um vidro e a luz começou a ficar tão intensa que aquecia dentro da máquina e logo o brilho foi diminuindo e tudo estava se acalmando e no painel tudo estava ficando do jeito que estava quando a gente entrou, foi então que comecei enxergar a luz do sol, e um céu azul, parecia que havíamos saído do lado de fora da casa, o senhor Simon, começou a tirar os cintos.

— Pronto, conseguimos.

— Onde estamos? Que lugar é este?

— Não sei ainda, mas pelos meus cálculos deve ser algum lugar próximo dos seis mil anos antes de Cristo.

Comecei olhar em volta e havia uma planície, tinha algumas vegetações em volta, mas não havia nenhum animal ou pássaro, o sol não era tão forte, o senhor Simon estava todo

empolgado e começou a mexer num computador que estava em baixo do painel, e
começou a coçar a cabeça.

— Algum problema, senhor Simon?

— O computador está dizendo que viajamos a seis milhões de anos, tem alguma coisa
errada, acho que o computador deve ter se alterado com o magnetismo dos elétrons.

— Acho melhor o senhor dar uma olhada aqui fora, tem alguém ou alguma coisa se
aproximando da gente.

— Como que é?

— Parece ser um homem com roupa de couro de animal.

— E ele não está com medo, será que é canibal?

— Calma ele está sozinho, deve estar curioso.

— O senhor tem algum revólver aí?

— Claro que não, eu não uso armas.

— Ai Jesus, viajar a seis milhões de anos pra ser comido por um canibal.

— Calma vamos esperar, qualquer coisa a gente liga a máquina e volta pra casa.

— Dá pra fazer isso já?

— Temos que esperar uma hora mais ou menos para o motor esfriar, se não pode pifar.

— Só agora o senhor me diz isso?

— Você não perguntou.

O homem veio se aproximando, possuía uma lança na mão e não tinha barba, os cabelos
bem cortados, parecia civilizado, ele se aproximou da máquina e olhou em volta bateu
no vidro com a mão e estava bem curioso. O senhor Simon tentou gesticular, tentando
dizer que era amigo.

— Calma, somos amigos.

— Será que ele vai entender?

— Temos que tentar, Jorge.

De repente ele se aproxima do vidro e gesticula e acaba falando.

— Oi, o senhor é o Simon?

— Que coisa, o homem sabe falar nosso idioma, e o pior sabe o seu nome, senhor
Simon.

— Sim, sou eu, mas como você sabe meu idioma?

— É o seguinte, A Grande Sabedoria disse que era pra encontrar com vocês aqui e me
disse seu nome, na realidade vocês é que estão falando meu idioma.

— O senhor já tinha vindo pra cá, senhor Simon?

— Nunca, é a primeira vez que a máquina funciona.

— Então, não estou entendendo mais nada, ele disse que estamos falando o idioma dele!

— Eu acho que estou começando a entender.

— Como assim?

— Depois explico, mas vamos sair.

— Senhor tem certeza disso?

— Sim o rapaz parece ser gente boa.

— E se for uma armadilha, só pra comer a gente com batata.

O homem do lado de fora começou a rir e não parava.

— Menino, você acha que vou te comer? Nós só comemos frutas, verduras e alguns dinks.

— E o que é dinks?

— Você não sabe? E o que é batata?

— É Jorge, pelo jeito vamos aprender muita coisa por aqui.

Então o senhor Simon abriu a porta de saída, descemos da máquina e fiquei espantado com tudo o que via e realmente o senhor Simon não era louco, tudo de fato aconteceu como ele havia falado, o homem parecia com a imagem do homem de Neandertal do meu livro de história da escola, ele foi ao encontro do Simon e deu-lhe um abraço e cuspiu no pé.

— É assim que Harmes, cumprimenta seus novos amigos.

Ele veio em minha direção, me abraçou forte que parecia minha tia Fábia e cuspiu no meu pé.

— Harmes, cumprimenta Jorge.

— Obrigado, Harmes.

— Harmes, você me disse que a Grande Sabedoria te mandou aqui para nos encontrar, por quê?

— A Sabedoria, quer evitar que o Príncipe Lúcifer te encontre, e precisamos levar sua máquina para aquela caverna.

Ele apontou pra um buraco na montanha que ficava uns cem metros, o que era estranho é como ele sabia da gente e quem era o príncipe Lúcifer?

— Jorge, vamos empurrar a máquina com ele até aquela caverna.

— Empurrar? Não dá pra dirigir? – Perguntei.

— Não coloquei motor para andar no chão, Jorge.

Começamos a empurrar a máquina até a caverna, era um chumbo de peso, a sorte que o nosso novo amigo Harmes tinha uma força tremenda.

— Senhor Simon, dá próxima vez tenta colocar um motorzinho a gasolina e um volante pra poder andar.

— Ela já fez muito de carregar a gente no tempo.

Quando chegamos na caverna colocamos a máquina dentro e Harmes começou a colocar algumas pedras na frente da caverna até tampá-la, o homem tinha muita força carregava as pedras como se fossem de papel.

— Vamos até minha casa, já preparei algumas roupas pra vocês e depois iremos ver o que a Grande Sabedoria vai querer de vocês.

Começamos a andar, e ao olhar em volta comecei ver algumas plantas que nunca tinha visto, e vi ao longe algo parecido com um coelho e do tamanho de um cachorro, Harmes me cutucou e apontou para o animal.

— Aquilo é o dinks.

— Vocês comem aquilo?

— Sim vocês vão adorar, é saboroso! Nós criamos muitos em minha casa, principalmente para vender e comprar outros alimentos.

— Vocês têm comércio aqui, Harmes?

— Sim, claro Simon, nós trabalhamos e criamos animais para vender e comprar.

— Interessante.

— Se alguém perguntar de onde vocês são, digam que vieram da terra do Sol forte.

— Sim e onde fica este lugar?

— Estão vendo aquelas montanhas distantes?

—Sim.

— É de lá que vocês vieram e ninguém da nossa terra foi para lá, existem os grandes animais e assim ninguém vai incomodar vocês.

— Senhor Simon, que lugar será este?

— Eu acredito Jorge que estamos no antigo continente chamado Pangeia, onde todos os continentes eram ligados.

— Eu aprendi isso na escola, então estes grandes animais podem ser os dinossauros?

— Provavelmente, e acredito que realmente a nossa cidade será erguida por lá, daqui a seis milhões de anos.

— Que coisa interessante.

Capítulo 10

Seis milhões de anos A.C.

Chegamos numa comunidade onde havia muitas crianças e os jovens usavam roupas de couro, alguns tinham enfeites na cabeça, as mulheres possuíam alguns pendentes nas orelhas e pareciam felizes, ficaram nos olhando, talvez espantadas com as nossas vestimentas, as casas eram feitas de pedras e o telhado de placas de barro, havia um cheiro forte de fumaça e carne assada, acho que era hora do almoço, vi de longe um cercado cheio daqueles animais, os dinks, que pra mim mais pareciam coelhos gigantes. Ao entrarmos na casa a esposa do Harmes nos abraçou e como de costume cuspiu no nosso pé.

—Esta é minha mulher, Sharen.

— Muito prazer em conhecer, meu nome é Simon e este é o Jorge, meu amigo.

— Acho melhor, eles se trocarem logo Harmes, antes que todo o povo comece comentar. Assim Harmes nos levou a uma sala onde tinha algumas vestimentas como a dele e pediu para nos trocarmos, a porta era de madeira bem grossa e pelo jeito ali o lugar era de fazer muito frio, pois também havia alguns casacos de couro bem grosso, coloquei a roupa que estava separada pra mim e era diferente do senhor Simon, enquanto a dele era escura a minha era mais colorida, era pesada e acho que aumentei uns seis quilos após colocar as roupas, saímos e fomos para o que seria a cozinha, então Harmes estava sentado na ponta da mesa.

— Vamos sentem pra almoçar, acredito que vocês estejam com fome e cansados, pois vieram de muito longe.

— Harmes, porque a minha roupa é colorida?

— Muito simples! Esta roupa serve para indicar um jovem sem compromisso, e está pronto pra arrumar uma noiva.

— É Jorge, num me vá arrumar namorada por aqui, ou então te deixo e vou embora pra casa.

— Que isso, senhor Simon, não vim pra arrumar namorada.

— É que aqui o costume é bem diferente de onde vieram, achei por bem fazer isso para que pareçam com o povo, pra não haver problemas, mas chega de conversa e vamos comer, pois hoje minha esposa fez dinks assado.

— O cheiro está muito bom, senhor Simon.

— Estou sentindo, Jorge.

— Bem antes de comer, precisamos agradecer.

O Harmes fechou os olhos e com as duas mãos sobre a mesa começou a orar.

— Oh! Grande Sabedoria, muito obrigado por nossa alimentação, continue nos dando sabedoria e força, para fazermos tudo o que for necessário.

Percebi que outras pessoas estavam perto da porta e davam sinal aos que estavam mais ao longe, a esposa do Harmes e os filhos pequenos comiam em uma sala separada.

— Harmes, eu notei que alguns homens esperaram na porta pela sua oração, por quê? – Perguntou o senhor Simon intrigado.

— Todos esperam terminar a minha oração, pois ninguém come enquanto eu não fizer a oração!

— Então, você é o líder desta comunidade? – Perguntei.

— Sim, eu sou, mas vamos comer.

— Senhor Simon, quem é a Grande Sabedoria?

— Jorge, eu estou começando a entender aonde viemos parar, mas vamos almoçar e depois a gente conversa.

O Harmes era quem servia a comida, ele como líder era quem deveria estar sendo servido, mas a cultura era bem diferente, ele colocou um baita pedaço de carne no meu prato.

— Jorge, como você ainda é jovem, deve comer a coxa do dinks, ela tem muita carne e te deixará mais forte.

— Obrigado, Harmes.

— Simon, você fica com a parte da costela, é mais velho e não precisa de tanta carne.

— É senhor Simon, estou começando a gostar desta cultura, ganhei mais carne que o senhor.

— Jorge, você se saiu bem hoje.

Começamos a comer e a carne tinha um gosto como de frango e ao mesmo tempo gosto de carne de vaca, era muito saboroso, o tempero era bem diferente e um pouco forte, para beber tinha algo amarelo, que pensei ser suco de laranja, mas o gosto era de framboesa, o senhor Simon comia que até fechava os olhos, acho que fazia um bom tempo que não comia uma comida diferente, pois morando sozinho, deve ser difícil ter uma alimentação como essa, o Harmes parecia estar orgulhoso de nos ver comendo, assim ao terminarmos a Sharen, esposa de Harmes, veio e trouxe algumas coisas que pareciam frutas, eram coloridas cada uma de uma forma, pareciam peras e maçãs, o sabor era indescritível, nunca havia comido algo semelhante, quando terminamos o senhor Simon estava com um sorriso no rosto.

— Jorge, faz muitos anos que não como deste jeito.

— Percebi.

— Obrigado Harmes, por este banquete maravilhoso.

— Simon, você pode ir com o Jorge até os fundos da casa, que lá tem um quarto com duas camas, pra vocês descansarem, pois mais a tarde irei levá-los ao grande templo, para que vocês conheçam o nosso príncipe Lúcifer, pois terei que ir vender alguns dinks pra ele.

— Você nos disse que estava nos protegendo para não sermos pego pelo príncipe Lúcifer? – Perguntou o senhor Simon.

— Sim, mas vocês não vão chegar perto dele somente de longe, pois a Grande Sabedoria me pediu para que os levassem até lá e que vissem a glória do príncipe Lúcifer.

— Entendi.

— Agora vocês precisam descansar, pois é a hora da nossa soneca, e a Sharen levará vocês até o quarto.

A Sharen nos acompanhou até o quarto que estava preparado, havia muitas flores, acho que era pra perfumar o ambiente para os visitantes, havia duas camas de madeira rústica, mas bem reforçada, o colchão parecia ser de pena, era bem macio, tinha uma pequena janela do lado e dei uma olhada, a visão era fantástica, havia algumas plantações e árvores com aquela fruta que havia comido no almoço, de longe pude ver como um lagarto gigante do tamanho de um cavalo, puxando tipo de um arado.

— Olhe senhor Simon, aquilo será um dinossauro?

— É Jorge parece que sim, é domesticado, olhe que fantástico.

— Estou de boca aberta, o senhor podia me explicar onde estamos e o que está acontecendo aqui?

— Sim Jorge, vou tentar explicar, você já leu a bíblia?

— Sim, os dois versículos iniciais de Genesis.

— Tudo isso? É muito pouco, mas dá pra começar, bem existem algumas teorias teológicas sobre o que estamos vendo aqui, e a que mais se encaixa no meu modo ver é a teologia histórica, onde essa teologia acredita que houve antes de Adão, cinco gerações passadas, ou seja, Adão é a sexta geração criada por Deus.

— Eu li isso no seu livro.

— Sim o que eu explico lá, é que Deus não fez somente Adão e Eva como algumas religiões acreditam, pois a ciência tem mostrado isto através dos achados arqueológicos e a própria bíblia mostra em algumas outras passagens, um exemplo rápido é que no capítulo primeiro de Genesis, Deus cria um casal, e depois no capítulo dois ele cria Adão e Eva, e assim seriam a quinta e a sexta geração.

— Então Caim não casou com a irmã dele?

— Você pensa rápido, há uma diferença de gerações de aproximadamente quinhentos mil anos.

— Deixa entender, quer dizer que no capítulo primeiro de Genesis, Deus criou um casal, e depois de quinhentos mil anos, ele cria Adão e Eva e quando Caim sai de casa e vai pra outra terra, ele casa com um parente do primeiro casal?

— Você está conseguindo me acompanhar no raciocínio Jorge, muito bem.

— Então essa turma que está aqui é a descendência do casal antes de Adão?

— Era o que eu estava pensando, mas conforme o Harmes começou a falar da Grande Sabedoria e do príncipe Lúcifer, comecei a entender que não, eles na realidade são a quarta geração.

— Cada coisa, por isso o senhor é chamado de louco, é difícil de entender.

— Veja bem, no capítulo primeiro e no primeiro versículo de Genesis diz assim: — No princípio criou Deus os céus e a terra; ou seja, Deus criou tudo e terminou, então até o versículo dois passaram quatro gerações e terminaram, e essa quarta geração acabou desaparecendo com uma catástrofe. Então a partir do versículo dois, a terra está destruída e na escuridão, Deus resolve reformular o planeta e fazer surgir a quinta e a sexta geração.

— Está dando um nó na minha cabeça, então existiram quatro gerações antes ainda? E a quarta acabou com uma catástrofe, mas e a primeira, segunda e terceira?

— Ainda é um mistério não desvendado, a bíblia só explica da quarta geração pra frente, as outras passadas não tem ainda uma explicação certa.

— Essa turma toda que está aqui vivendo junto com os dinossauros é a quarta geração?

— Sim e cada fato que Harmes conta deixa isso mais claro, por exemplo, quando ele fala da Grande Sabedoria, ele está se referindo a uma passagem que está em provérbios capítulo oito, onde fala que a Sabedoria estava com Deus e tudo criou, e a Sabedoria gostava de estar junto com os homens e tinha muita alegria de estar com eles.

— Sim, mas quem é a Sabedoria?

— Para eles é a Grande sabedoria, mas para nós é mais conhecido como Jesus.

— O que? Jesus é a Grande Sabedoria?

— Sim é o que está registrado na Bíblia, mas como nós viajamos no tempo, a Sabedoria ainda não se tornou Jesus ainda! Isto será daqui a mais ou menos uns seis milhões de anos.

— Senhor Simon, estou cada vez mais confuso, mas se a Sabedoria é Jesus, quem é o príncipe Lúcifer?

— O príncipe Lúcifer é o próprio satanás.

— Que horror o calça-curta, diabo, o coisa ruim está aqui?

— Sim Jorge, mas ainda não é o diabo.

— Como assim ainda não é o diabo?

— Deixa explicar, na bíblia, mais precisamente no livro de Ezequiel capítulo vinte oito e Isaías capítulo quatorze, está registrado que lúcifer foi criado e ele foi colocado na terra para governar o mundo, seria o que nós estamos vendo aqui.

— Então, há milhares de anos atrás o diabo era bonzinho e governava o mundo?

— Mais ou menos isso, ele era um querubim ungido, ou seja, um anjo consagrado a Deus e estava cheio de honras e de pedras preciosas, mas um dia ele acaba se corrompendo e fica perdido a tal ponto de querer se tornar deus.

— Já ouvi essa história, daí ele tenta subir no céu e Deus acaba expulsando-o de lá, e ainda consegue trazer um terço dos anjos do céu com ele, que acabaram caindo na conversa dele.

— Isso mesmo, Jorge.

— Então por isso o Harmes já sabia sobre a gente, pois Jesus já havia falado pra ele.

— Sim, o que eu gostaria de saber é como Harmes fala com a Grande Sabedoria, Jorge!

— Será que é através da oração?

— Pode ser, mas isso depois a gente descobre, vamos descansar e depois veremos como será.

— Está bem.

Este assunto de gerações passadas, e toda a história do senhor Simon me deixou mais pensativo, então isso provava o que o meu professor dizia na escola, que os dinossauros realmente existiram e os homens antigos também antes de Adão, o que realmente eles estavam errados era na evolução do homem do macaco, na realidade todas as gerações passadas de homens foram criadas por Deus. O que mais me deixava preocupado era que o senhor Simon disse que a quarta geração acabou desaparecendo com uma catástrofe, e o que seria? E quando aconteceria? Pois estamos aqui e se de repente acabar esta geração e estivermos aqui ainda, vamos desaparecer pra sempre? Meu Deus! Como eu ainda estava pensando senti o lugar tremer até me derrubar da cama parecia um terremoto, acabei batendo o braço no chão e o senhor Simon conseguiu se segurar antes de cair.

— Jorge, você está bem?

— Sim, só está doendo um pouco, o que foi isso?

— Parece ter sido um terremoto.

— Saímos do quarto, e fomos para o lado de fora e todos pareciam normais sem qualquer preocupação.

Harmes estava sentado do lado de fora e conversando com alguns homens, que pareciam ser líderes também.

— Se assustaram?

— Sim, o que foi este tremor?

— Isso já é comum para nós, depois que algumas comunidades não aceitaram pagar os tributos ou negociar com o príncipe Lúcifer, ele faz tremer as terras que não o obedecem, algumas chegaram até ser engolidas por vulcões, aqui vocês podem se despreocupar, pois estamos em dia e não estamos devendo nada pra ele ainda.

Na semana que vem, se nós não conseguirmos mais sessentas dinks, poderemos sofrer as consequências.

— Sempre foi assim? – Perguntou o senhor Simon.

O Harmes ficou meio sério e despediu os homens que ali estavam e pediu a eles que fossem tentar caçar mais dinks, para poder atender a venda para o príncipe Lúcifer.

— Simon, aqui antigamente era muito bom, vivíamos sempre alegres, comprávamos e vendíamos entre amigos e vizinhos e ninguém tentava ter mais lucro do que o outro era apenas uma troca de favores, assim todos viviam bem, e a Grande Sabedoria estava sempre orientando o príncipe Lúcifer como governar, mas depois de algum tempo, ele não queria mais se aconselhar, e resolveu tomar atitude por conta própria, colocou alguns homens a seu trabalho, passou então a comprar tudo que tínhamos, e passou a vender, assim se precisamos de algum alimento, não posso mais comprar de meu vizinho, tenho que comprar no grande templo, se alguém for pego comprando por fora é morto, muitos já morreram por não querer pagar os altos preços do Príncipe Lúcifer.

— Entendi Harmes, ele monopolizou o comércio pra si mesmo, está se tornando o mais rico de toda a terra.

— Isso mesmo, bem que a Grande Sabedoria me disse que você entenderia bem as coisas por aqui.

—Por falar nisto Harmes, como você fala com a Grande Sabedoria?

— Simon, está vendo aquela grande montanha lá na frente? É lá que mora a Grande Sabedoria, muitos reis e líderes iam até lá em busca de conselhos e orientações, mas agora são poucos os que vão, pois, o príncipe Lúcifer proibiu.

Era uma montanha bem alta, e acima dela as nuvens pareciam estar circulando pelo topo, e de vez em quando parecia expelir algumas chamas bem azuis. O senhor Simon ficou encantado com a montanha, já nem conseguia deixar de olhar.

— Mas você ainda vai? – Perguntei.

— Sim, mas alguns não sabem, por isso soube de vocês.

— E como ele é, Harmes?

— Está curioso, menino?

— Sim, eu queria saber como ele é.

— Não se preocupe, Ele me pediu para levar vocês depois que formos ao grande templo.

— Ele quer nos ver?

— Logo levo vocês lá, mas deixa-me pegar o carro e primeiro vamos ao grande templo.

— Senhor Simon, você ouviu, Ele quer nos ver.

— Sabe Jorge, sempre tive esta vontade de falar com Ele e vê-lo pessoalmente, mas agora está me dando um frio na barriga.

— Se na sua barriga está dando um frio, a minha já congelou.

Quando me virei para trás, vi o Harmes sentado em uma carroça de madeira e puxado por dois grandes lagartos, naquele momento senti um arrepio ao ver aqueles bichos bem perto de mim.

— Não se preocupem eles só comem vegetais, podem subir aqui comigo.

O senhor Simon sentiu as costas um pouco ao subir, pois era muito alto o degrau, e os animais pareciam estar com vontade de correr com aquela carroça, e atrás de nós haviam umas dez carroças, só que eram feita como gaiolas para caber os dinks, que soltavam uns urros que mais pareciam barulhos de vacas, assim o Harmes começou a ir em frente e as outras carroças o seguiam.

— E aí Simon, na sua terra tem carros como os nossos aqui?

— É um pouco diferente, eles não são puxados por animais, nós criamos motores que utilizam coisas da natureza para andar.

— Interessante, e por que não criam xilotos como nós? Eles são animais de velocidade e apenas se alimentam de vegetais.

Simon olhou para mim e deu um sorriso, pois os xilotos eram estes lagartos gigantes, e realmente eram animais de velocidade, o Harmes para demonstrar pro Simon como estes animais corriam, pegou muita velocidade e se tivéssemos um velocímetro eu acredito que chegariam a uns cem quilômetros por hora e o pior que não havia cinto de segurança.

Capítulo 11
O Príncipe Lúcifer

Ao passar pela estrada era possível ver como a natureza era bem diferente, haviam árvores muito altas e grandes, os pássaros eram bem diferentes, eram como pequenos lagartos voadores, muita coisa diferente, parecia que estávamos num outro mundo, ao chegarmos no local havia uma grande muralha, e os portões eram feitos de ouro, as pedras eram gigantes, mas muito bem cortadas e colocadas umas sobre as outras, tinha alguns guardas no portão recepcionando as pessoas, o Harmes parece ser bem conhecido aqui, os soldados falaram o seu nome e mandaram entrar, após atravessarmos estes portões chegamos em um pátio gigante, muita gente estava naquele lugar, e parecia uma feira gigante, mas ninguém vendia, apenas estavam com o que trouxeram e acredito que eram pra vender para o príncipe Lúcifer. O templo era gigantesco, entrava lá dentro um grupo de cada vez, teve um grupo que não voltou de lá de dentro e logo uns dos soldados, mandou chamar outro grupo para entrar, só de longe podíamos ver vários tipos de animais para venda e fora verduras, frutas, ferramentas, ouro, vasos e etc. Na realidade o príncipe Lúcifer monopolizava a venda, pois ele comprava de tudo.

— Harmes, o que acontece aqui hoje?

— Olha Simon, hoje é dia de vendermos o que conseguimos criar neste mês, e todos vem para cá para fazer a venda para o príncipe Lúcifer. E depois em outro dia a gente volta pra comprar o que precisamos.

— Então ele compra hoje e amanhã ele vende?

— Sim, Ele criou uma moeda de prata, que ganhamos na venda, e amanhã a gente faz a compra com elas.

— E por quantas moedas você vai vender estes animais?

— No mês passado foram trezentas moedas, mas acho que hoje não passa de cento e cinquenta moedas.

— Mas por quê?

— Todo mês ele abaixa o valor das nossas mercadorias, e na compra ele sobe com preço altíssimo.

— E ninguém reclama?

— Você notou que um grupo entrou e não saiu?

— Sim, o que aconteceu?

— Com certeza foram reclamar da queda do preço, e foram aprisionados, para amanhã serem leiloados como escravos, e se não forem vendidos serão jogados vivos pro xenton!

— O que é xenton? – Perguntei.

— É um grande animal que o próprio príncipe Lúcifer cria e o alimenta com aqueles que não fazem a sua vontade, se vocês subirem aquela escada ao lado do templo, poderão ver esse grande animal, amanhã vai dar até tristeza, pois alguns familiares com o pouco que tem tentam comprar no leilão seus parentes, mas como é pouco o dinheiro que eles possuem, acabam libertando no máximo umas três pessoas e ficam sem dinheiro pra alimentação e acabam se sujeitando a ser escravo do príncipe Lúcifer, ele quer que todos sejam seus escravos, vou pedir pra vocês ficarem com os meus homens na hora da venda, assim terão oportunidade de vê-lo.

— Senhor Simon, vamos subir e ver o xenton?

— Vamos! Você vem Harmes?

— Vou fazer a separação dos animais e contagem com os guardas antes de entrar, podem ficar à vontade, de preferência não falem com ninguém, e se acaso perguntarem diga, que estão comigo.

— Ok.

Começamos subir a escadaria e vi o Harmes indo em direção aos guardas pra contagem dos animais, percebi que o senhor Simon estava muito sério.

— Por que o senhor está tão sério, senhor Simon.

Ele então me segurou pelo braço e me levou até um lugar onde não haviam pessoas.

— Jorge! Nós estamos num lugar que está prestes a se acabar, o príncipe Lúcifer está fazendo com que todo mundo vire seus escravos e se tornando poderoso, justamente é o que diz a Bíblia em Isaias capítulo quatorze, ele vai tentar querer ser deus.

— Sim, ele vai ser jogado na terra e vai virar o diabo.

— Isso mesmo, Jorge, só que quando ele for lançado na terra tudo será destruído, até a aldeia do Harmes.

— Meu Deus! Tem como a gente fazer alguma coisa?

— Infelizmente não, tudo vai acontecer como está escrito, não podemos mudar o passado, a única coisa que podemos fazer é pedir para a Grande Sabedoria, ou seja, Jesus para que possa ajudar o Harmes e sua aldeia.

— E nós, se ficarmos vamos morrer juntos?

— Acho que não! Pois, nem nascemos ainda.

— Não sei não! Estou bem vivo aqui.

— Na dúvida é melhor sairmos daqui antes que aconteça, Jorge.

— Bem que o senhor poderia ter feito à máquina do tamanho de um coletivo, pois daria pra levar uma multidão.

— Isso causaria um colapso na linha do tempo, acredito que a melhor coisa que podemos fazer é amanhã subirmos a montanha e esclarecer as dúvidas com Jesus, não fale nada disso pra ninguém, nem pro Harmes, pois é melhor ele não saber o futuro.

— Está bem, não comento nada.

Continuamos a subir, e quando chegamos à parte de cima, havia uma grande arena, com vários lugares e lá no meio da arena um tiranossauro rex, ele era enorme, só me lembrei dele por causa das mãozinhas pequenas que possuía, tinha uma pele grossa e meio avermelhada, ele estava deitado no chão, parecia ter se alimentado e estava descansando, podíamos ver seus olhos abertos e senti um calafrio na minha espinha, pois era apavorante, ver um animal extinto, bem vivo à nossa frente.

— Jorge, isso é incrível.

— Incrível? Eu diria, horrível e horripilante.

— É uma espécie que só conhecíamos em osso, e agora em carne e vivo.

— Senhor Simon, preferiria da outra forma, dá menos medo, vamos descer que não gostei não,

— Tudo bem Jorge, fique calmo.

— Estou começando a querer enfrentar meu pai, do que ficar aqui por mais um dia!

O Senhor Simon começou a rir, e acho que ele também estava apavorado com aquele lugar, mas não dava o braço a torcer, assim que descemos o Harmes veio em nossa direção.

—Somos os próximos a entrar, então como falei para vocês, fiquem com o pessoal, os animais já foram levados, é de costume que todos entrem juntos, pois em caso de qualquer problema todos são levados presos.

— Puxa Harmes, ia pedir pra esperar aqui fora, não estou nem um pouco interessado em ver o príncipe Lúcifer.

— Infelizmente Jorge, tem que entrar, não se preocupe tudo vai dar certo, a Grande Sabedoria pediu que vocês o vissem pessoalmente.

— Já que não tem outro jeito, paciência.

De repente da entrada do templo saiu um homem alto com uma coroa sobre a cabeça e deu sinal para o Harmes e todos nós começamos a entrar e por orientação do próprio Harmes, fomos divididos em faixa etária e os mais novos iam à frente com Harmes e os mais velhos para trás, o senhor Simon ficou na última fileira, então um dos moços que estava comigo me olhou e disse:

— Não fique com medo, é a sua primeira vez aqui?

—Sim, é a primeira vez.

— Meu nome é Clin.

— Muito prazer Clin, meu nome é Jorge.

Nesta hora o Clin segurou a minha mão e cuspiu no meu pé, o pior que agora estava de sandália e senti escorrer nos dedos do pé, então enchi a boca e cuspi no pé dele também, então ele me deu um sorriso de satisfação.

— A partir de hoje seremos grandes amigos, Jorge. Venho sempre com o Harmes, e toda vez ele negocia e sai sem problemas, pois o segredo está em aceitar as propostas do príncipe, qualquer contestação ele fica irritado e prende seja quem for.

— Eu vi o monstro do outro lado e não quero ser comido por um dinossauro.

— Dinossauro? O que é isso?

— É que na minha terra é assim que a gente chama esse xenton.

— E onde fica a sua terra?

A hora que fui responder Harmes me puxou pro seu lado e falou para o rapaz que outra hora a gente conversava, o rapaz sorriu e continuou caminhando.

— Não se preocupe Harmes, ia falar que era da terra do Sol quente.

— Percebi, mas o nome correto é terra do Sol forte.

— Caramba, ia dar uma bola fora!

— Bola fora? O que é isso?

— É uma expressão da terra do Sol forte.

— Entendi, aprendeu rápido, hein! Agora fique em silêncio para não provocar a ira do príncipe Lúcifer.

— Pode deixar, jamais vou querer irritá-lo.

Continuamos entrando e as paredes eram de pedras gigantes, havia algumas colunas que sustentavam uma laje de pedra toda trabalhada com vários detalhes pintados, tinham algumas tochas acesas penduradas nas colunas para iluminar o caminho, andamos uns duzentos metros e vimos uma porta enorme de madeira e correu para os lados a hora que nos aproximamos, abrindo pra uma sala enorme que tinha uma abertura no teto onde podia ver o céu azul e no final desta sala um trono enorme, todo revestido de ouro e quando todos entraram as portas se fecharam, na lateral direita, havia quatro cadeiras, e assim que ouvimos um toque musical muito bonito, alguns homens com coroas se assentaram nestas cadeiras, os seus olhos eram diferentes pareciam radiar uma luz, não dava pra olhar fixamente pra eles, o que pareciam túnicas na realidade eram asas enormes, eles deviam ter aproximadamente uns três metros de altura, acredito que eram anjos, mas a face deles eram como se estivessem com muita raiva, fiquei com muito medo e senti um frio na espinha que cheguei a tremer as pernas. E não demorou muito até a música mudar, e começou um toque bem diferente, como de uma marcha de guerra e começamos escutar um barulho forte, e um grande vento entrou naquela sala e num instante havia um homem muito alto, como os outros, sentado no trono, era todo coberto de pedras preciosas, muito forte e o seu olhar também possuía um brilho forte, havia uma grande coroa sobre a sua cabeça e por trás uma grande túnica vermelha que cobriam as suas asas. Então Harmes nos deu sinal para ajoelharmos diante do príncipe, e assim todos fizeram.

—Harmes, meu fiel amigo, vejo que você cumpriu o seu dever como sempre tem feito, se aproxime.

A voz era muito forte e cativante, Harmes se levantou e se aproximou do príncipe Lúcifer, que também se levantou e ficou em pé, Harmes parecia uma criança na frente dele.

— Hoje te darei cento e vinte moedas, pelos animais.

— Príncipe! O mês passado, recebemos trezentas moedas e quase não deu pra comprar alimentos pra minha comunidade.

— Você sabe que os animais este mês estão mais magros.

— Os animais vieram mais magros, pois faltou alimentação pra eles, pela falta de moedas príncipe.

— Você está querendo me dizer que não sou justo e não estou te pagando o suficiente?

— Longe de mim príncipe te questionar sobre a justiça.

— Muito bem Harmes, se você quiser podemos negociar outra coisa hoje, e receber mais de trezentas moedas.

— E o que seria príncipe?

— Vejo que você tem jovens fortes, e estou precisando de mais soldados para os meus batalhões, pois ainda preciso acabar com algumas comunidades rebeldes, então você me dá estes cinco jovens e te dou trezentas moedas.

Nesta hora, olhei para trás e percebi que contando comigo dava cinco jovens, senti que ia desmaiar, pois o "calça curta" estava contando comigo também.

— Príncipe, não posso vendê-los, preciso deles para criar mais dinks.

— É realmente, os jovens aqui são fortes, mas este de veste colorida deve estar passando fome, você não vai precisar dele, deixa este comigo e te dou trinta moedas.

Agora o "calça-curta" estava abusando, ele olhava fixamente e ainda por cima me dava um preço bem baixo, fiquei sem respiração na hora que se aproximou e olhou bem nos meus olhos, consegui notar que seus olhos eram amarelados, sentia a sua respiração como um vento gelado.

— Este jovem tem algo diferente, não parece ser da sua comunidade.

— Este jovem ele vai me ajudar na limpeza de estercos dos dinks.

— Tudo bem! Então você fica com cento e vinte moedas e no mês que vem você irá vendê-los com certeza.

— Fico com as moedas.

Então um dos quatro anjos que estava sentado, estendeu a mão e jogou na direção do Harmes um saco cheio de moedas.

— Tem outra coisa, Harmes, daqui dois dias quero todos os líderes de comunidade aqui presente pela manhã, pois anda uma notícia por ai, que perdi meus privilégios com Deus, e sei que isto é coisa que a Sabedoria anda falando, já pedi para que ninguém se encontre com ele na montanha encantada, e isso é pra você também.

— Sim príncipe.

— Vou mostrar pra vocês que ainda posso subir até os céus e me assentarei no trono de Deus e serei como ele! Assim me respeitarão como deus.

— Estarei aqui príncipe.

— Muito bem, pode ir espero você daqui dois dias, se souber que você se encontrou com a Sabedoria, mandarei um dos meus juízes ir até a sua comunidade, e irá trazer todos para cá como escravo e comida do xenton.

— Sim, príncipe.

O príncipe lúcifer apontou para os quatro homens com asas, quando dizia os juízes, então eram eles que faziam as comunidades serem destruídas causando terremotos, Harmes virou e veio em nossa direção, as portas se abriram e saímos, então pegamos o carro e começamos a viagem de volta, Harmes estava totalmente calado, Simon percebendo isso não puxou nenhum assunto, então se sentou do meu lado.

— É Jorge, a coisa pesou pro Harmes, agora só com cento e vinte moedas, vai ficar difícil ter o que comer pra todos.

— Você viu, o bichão queria me comprar baratinho.

— Jorge, você precisa engordar um pouco, quem sabe assim ele te dá um preço maior.

— Está maluco? O pior que foi preço que Judas ganhou por trair Jesus.

— É tem algumas coisas que não muda no coração do lúcifer.

— E o senhor viu como ele é alto e bonito?

— Foi por causa de se achar formoso que a bíblia diz que ele se corrompeu, você percebeu que ele quer tornar todos os seus escravos, assim conseguirá dominar tudo.

— Quem eram aqueles quatro homens grandes com asas, senhor Simon?

— Penso que são anjos que ajudam o Lúcifer, e são eles que estão descritos no livro do apocalipse no capítulo nove e diz, que eles serão presos, após a rebelião de Lúcifer e depois no futuro serão soltos para matarem a terça parte dos homens.

— Nunca passei tanto medo na minha vida, e já pensou se Harmes me vendesse?

— Nem quero pensar nisso Jorge, pois ficaríamos numa situação bem difícil.

— Como, ficaríamos? Eu seria escravo dele e não o senhor! Se ele ia pagar trinta moedas pra mim, no seu caso ia ser centavos.

— É Jorge, acho que eu iria ser alimento pro xenton, sou responsável por você estar aqui comigo, e faria o possível pra te tirar de lá.

— Fico agradecido, senhor Simon.

— O problema ainda não terminou, Jorge. Você ouviu o que ele vai fazer daqui dois dias?

— Sim ele vai subir aos céus.

— Então precisamos sair daqui logo, antes que seja tarde.

Nesta hora Harmes ouviu o que o senhor Simon disse e parou o carro, e olhando assustado para nós, pediu para que saíssemos do carro e apontando pra um lugar onde havia algumas pedras, os outros carros pararam e o Harmes pediu que fossem para a comunidade e preparassem todos para festa da noite, os carros continuaram a viagem e nosso carro ficou encostado na estrada e os xilotos logo foram comendo a grama e o capim que havia por perto.

— Vamos subir até aquelas pedras, precisamos conversar.

Começamos a subir em direção as pedras, percebi que Harmes ficou muito preocupado com o que tinha ouvido. O senhor Simon ficou em silêncio, nos aproximamos das pedras e nos sentamos nelas, de onde estávamos podíamos ver o grande templo e também o tiranossauro rex, o lugar era lindo, dava pra ver ao longe um grande vulcão soltando fumaças.

— Simon, quero que você me explique melhor, a Grande Sabedoria disse que vocês vieram de muito longe e precisavam nos conhecer, deveriam saber como é nossa cultura e conhecer o príncipe e depois deveria levá-los até Ele, para esclarecer suas dúvidas, tenho visto vocês e parecem saber de alguma coisa que não querem me contar, então gostaria que dissessem quem realmente são vocês? De onde vieram? O que sabem sobre nós?

— Preciso conversar com a Grande sabedoria antes de dizer alguma coisa, pois não sei como você entenderia, viemos realmente de uma terra distante e infelizmente sabemos de algumas coisas terríveis que o príncipe Lúcifer vai fazer, mas ainda não podemos te revelar.

— Você não entende Simon, tenho um grupo de mais de três mil pessoas na qual sou responsável e se alguma coisa terrível vai acontecer, preciso manter minha comunidade em segurança.

— Eu sei Harmes e também estou preocupado, mas me leve até a Grande Sabedoria e o que ele orientar eu falo pra você! Por isso vamos agora até ele.

— Você ouviu o que o príncipe Lúcifer me ameaçou e não poderei ir, então mostrarei o caminho pra vocês, mas só poderá ser amanhã cedo, pois a noite é perigoso existe um toque de recolher, se alguém for pego andando fora de sua comunidade será levado como escravo.

— Entendi Harmes, não fique bravo comigo, pois quero também o melhor pra sua comunidade.

— Olha Simon, há muito tempo atrás quando eu ainda era criança, havia muita paz em nosso território, os grandes animais na terra do sol forte, viviam em sua terra com tranquilidade nunca atravessaram para o nosso lado, então um dia Lúcifer arrebentou a montanha e colocou grandes portões para a hora que fosse preciso soltar estes animais na nossa terra e um dia ele abriu, pois estava com muita raiva e meu pai era o Líder da comunidade, com muita dificuldade levou muita gente para o alto das montanhas e os escondeu nas cavernas, muita gente morreu pisoteada e comida por esses animais. Lúcifer aprisionou o xenton e o deixou lá como amostra da sua maldade, então os quatro juízes levaram os animais de volta para a terra do sol forte, e fechou os portões, e a partir daí todos começaram a temer o lúcifer e às vezes os próprios juízes destroem as comunidades inteiras que não fazem o que o Lúcifer manda, por isso se você souber que ele vai abrir os portões novamente, me avise e assim consigo levar a comunidade para as montanhas e salvá-los como fez meu pai no passado.

— Harmes, se eu souber sobre isso te aviso.

— Obrigado Simon, assim fico mais aliviado, então vamos voltar que haverá festa nessa noite.

— Festa?

— Sim Jorge, vamos comemorar as vendas.

— Você recebeu poucas moedas e vai comemorar?

— Isto é uma tradição da nossa comunidade, não importa por quanto vendemos, o importante é estarmos vivo, e não somos escravos do príncipe Lúcifer.

— Entendi.

— Na terra de vocês, não há comemoração por estar livre da escravidão de Lúcifer? O senhor Simon sorriu e virou para mim e colocou a mão sobre meu ombro e olhando para o Harmes disse:

— É Harmes, a gente também comemora e a gente chama essa festa de culto.

— Bom saber, hoje haverá muita dança e muita carne de dinks.

— Vocês não vão passar apertado com a falta de mantimento, não é bom economizar?

— Simon, você se preocupa demais com o amanhã.

— Temos ainda alimentos estocados, pode ser que até o fim do mês a gente tenha que apertar as coisas, mas vamos deixar de comemorar?

— Está certo, um povo alegre consegue vencer as dificuldades.

— Isso Simon, você entendeu.

Subimos no carro e começamos a viagem de volta, o dia estava escurecendo e cada vez aumentava o frio, vi Harmes tirar uma pele de animal de dentro de uma caixa e jogou pra mim.

— Melhor se cobrirem que partir de agora vai esfriar muito, pois o sol está se pondo.

— Sempre foi assim?

— Não! Antes era pior, a gente tinha que andar sob o gelo e dificilmente esquentava o dia.

— Entendi, era o período glacial.

— Simon, tem hora que você fala palavras que nunca ouvi.

Ao aproximarmos da comunidade, havia várias fogueiras e vi carne assando, o cheiro era maravilhoso, algumas pessoas arrumavam bancos ao redor das fogueiras e outros corriam de um lado para outro com que pareciam instrumentos musicais, ao chegarmos o Harmes nos levou a um lago que soltava fumaça.

— Vocês podem utilizar o lago pra se lavarem e vistam a roupa da festa, que minha esposa preparou, vou ver o que ainda está faltando para começarmos a festa.

Logo vi alguns homens se aproximando e trazendo alguns panos e plantas, ao se aproximaram disseram que podíamos entrar no lago e nos lavarmos com as plantas, o cheiro era bom, lembrava um pouco chocolate e canela, eles penduraram os panos em alguns galhos e ficaram esperando nós terminarmos, o senhor Simon tirou o casaco de pele que ele tinha e entrou na água, o frio me impedia de tirar a roupa.

— Vamos Jorge, a água está quentinha, parece até uma banheira natural.

— O problema é o frio, estou congelando.

— Entra na água que o frio passa.

Resolvi tirar o casaco e entrei de cueca na água, como fez o senhor Simon, os dois homens nos olharam e começaram a rir sem parar, então deduzi que nunca tinham visto uma cueca e por isso estavam rindo, então perguntei:

— Vocês nunca viram esta roupa de baixo? Por isso estão rindo?

— Nos desculpe! É que a roupa de baixo de é engraçado, mas o mais engraçado é a cor da pele de vocês, parecem duas Anias de lago.

— Anias? O que é isso?

Um deles correu pra dentro da mata e trouxe na mão o que parecia um sapo gigante, com o corpo todo escuro e as pernas eram compridas bem brancas, foi então que o senhor Simon começou a rir e dizia parecer comigo, quando os dois ouviram isso começaram a rir de novo, um até chegou a deitar no chão de tanto rir.

— Me desculpe Jorge, mas é engraçado.

— Está bem, vim pra este lugar pra ser sacaneado pelo senhor e esses dois.

Assim terminamos o banho e um dos rapazes ainda ria enquanto me enxugava, o animal tinha sido solto e voltou para a floresta, o frio parecia ter piorado, voltamos rápido para a casa de Harmes, quando chegamos ao nosso quarto havia mais algumas roupas, a minha como sempre era bem colorida, mas agora eram bem mais grossas e tinham um capuz, que acredito que era para não pegarmos o sereno da noite.

Capítulo 12

A Festa

Clin estava na porta me esperando com um sorriso no rosto e muito ansioso.

— Meu amigo Jorge, o Harmes me pediu pra levá-lo a área dos solteiros, enquanto o senhor Simon ficará junto com o Harmes.

— Oi Clin, vamos lá, pois estou com muita fome.

Assim fui com o Clin e chegamos próximo de uma fogueira onde havia muitos jovens com roupas coloridas, mas era só homens e alguns tocavam o que parecia ser uma flauta e outro um tipo de tambor, a música era interessante e nunca tinha ouvido na minha vida.

— Fiquei sabendo da Anias, Jorge.

— Aqui também a notícia corre?

— Nem tanto, a não ser que seja engraçado.

— Olha se você for ficar me zoando, volto pra casa do Harmes.

— Calma! Foi só uma brincadeira, Jorge.

Clin me levou a uma mesa lotada de frutas e carne assada, havia o que parecia uma bandeja de madeira.

— É só encher a bandeja e sentar próximo ao fogo e vamos esperar o Lets vir contar a história dos nossos antepassados.

— É assim que vocês comemoram as vendas?

— Sim e depois da história o próprio Harmes vem aqui e escolhe um de nós para casar, com uma moça escolhida pela Sharen esposa do Harmes, então todos se unem naquela grande fogueira, cada líder de grupo presenteia o casal com vários objetos e depois o casal é encaminhado à casa que foi construída durante este mês, assim os dois entram e passam a noite e logo pela manhã o casal recebe os cumprimentos dos familiares.

— Vocês não conhecem a noiva antes do casamento?

— Não, esta é uma tradição muito antiga.

— Interessante.

— É Jorge, se prepare que pode ser você o escolhido.

— O que? Eu?

— Sim, você está bem colorido e passou o dia todo com o Harmes, normalmente ele leva quem vai ser escolhido para ficar junto com ele na venda dos animais.

— Não posso me casar, sou muito novo e gostaria de conhecer minha noiva antes de casar.

— Pelo jeito o costume da sua terra é bem diferente.

— Pode ser que hoje a filha de Harmes seja escolhida pra casar, ela já tem idade pra casar.

— Mas ela é bonita?

— Isto não importa Jorge, o que importa é como ela é por dentro, pois você vai viver o resto de sua vida com ela, e com o passar dos anos ela fica velha e deixa de ser bonita.

— Ótimo comentário, mas não quero me casar.

— Eu ficaria feliz se fosse escolhido pra casar com a filha do Harmes.

— E como é o nome dela?

— Siem, ela é uma pessoa maravilhosa, mas vamos nos sentar que o Lets vem vindo. Sentamos e alguns jovens me olhavam e riam, acredito que ainda era por causa do Anis, o Lets era um homem velho que usava uma vara na mão pra se apoiar, com um pouco de dificuldade e ajudado por alguns ele se assentou em um banco de madeira, olhou cada jovem e sorriu, faltavam alguns dentes em seu sorriso, mas todos ficaram em silêncio e esperaram pela sua oração.

— Bondoso Deus! Aqui estamos para agradecer por mais um mês de liberdade, aqui estão estes jovens que em breve um será escolhido para ter sua família nesta terra, que possamos sempre comemorar esta liberdade e que a Grande Sabedoria nos ajude nesta luta diária.

O velho Lets jogou uma pedra no meio da fogueira e com isto subiu uma grande quantidade de faísca, então ele começou a história.

— E assim há muito tempo atrás, havia em nosso território um grande homem e seu nome era Éden, era valente, chefe de uma comunidade como a nossa, mas naquela época ainda não havia o príncipe lúcifer e uma comunidade maior que a dele estava tentando tomar seu território, eles queriam possuir a montanha encantada, onde mora a Grande Sabedoria, assim queriam levá-lo pra suas terras com o desejo de serem abençoados como o Éden era, mas o que eles não sabiam era que a Grande Sabedoria amava o Éden, ele era obediente as suas palavras. Então um dia de noite, essa comunidade que tinha por chefe o Dion; resolveu atacar a comunidade do Éden enquanto eles dormiam, e assim fizeram e por sorte um dos jovens de guerra do Éden, levantou para beber água e ao notar algumas tochas acesas de longe, correu a casa do Éden e o acordou, assim acionaram as trombetas e os homens se levantaram, então iniciou uma grande batalha, as mulheres e as crianças saíram de suas casas e correram para a floresta e lá se esconderem, mas havia uma emboscada no meio da mata e capturaram todos, muitos homens morreram, o Éden foi capturado e levado à frente de Dion, ele podia ouvir o choro das mulheres e das crianças capturadas, seus homens foram amarrados e colocados em cima de lenhas pra serem queimados vivos; neste momento tudo parecia perdido, Éden curvou a cabeça e pediu ajuda a Grande Sabedoria, com isso a terra tremeu como nunca aconteceu e Dion acabou caindo bem na frente de Éden e ele num rápido golpe conseguiu tirar a faca de Dion com a boca e acertá-lo no peito, então conseguiu se desamarrar e foi lutou contra os seus inimigos, ele sozinho com uma espada retirada de um dos soldados de Dion, conseguiu derrotar os dez homens mais fortes de Dion, o povo ao ver a derrota de Dion, fugiram apavorados, e salvou sua comunidade, com a vitória nunca mais ninguém ousava enfrentá-lo, as comunidades passaram a respeitá-lo e no dia da sua morte quando estava bem velho, ele colocou o seu filho no seu lugar para liderar o povo, o filho dele era o pai de Harmes e para homenagear o Éden, foi colocado o nome dele em todo esse território que moramos. Então uma coisa que sempre vocês devem saber, é que nunca devemos desistir, ainda que tudo esteja realmente perdido, uma hora ou outra com ajuda da Grande Sabedoria poderemos mudar o resultado final.

Nesta hora todos os jovens se levantaram e começaram a aplaudir o Lets, então ele se levantou e pegou uma pedra um pouco maior e jogou no meio da fogueira, novamente se levantou uma grande quantidade de faísca, foi então que percebi que isto era um sinal de que a história havia acabado, para que Harmes ao longe fosse avisado para vir escolher um dos jovens, então Harmes veio e Lets ainda fez mais um comentário.

— Meus jovens! No próximo mês contarei a história de outro homem chamado Node que era um grande amigo de Éden e também líder de uma grande comunidade.

Olhando para os jovens era possível ver a ansiedade em cada um, o próprio Clin estava eufórico e eu morrendo de medo, pois como poderia me casar? Não poderia mais voltar pra casa e como explicariam o meu sumiço no futuro? Harmes chegou com mais dois homens velhos, que tinham umas roupas com enfeites pendurados, acredito que eles são responsáveis pela cerimônia de casamento, então Harmes começou a olhar nos olhos de cada um dos jovens e foi fazendo isso até chegar em mim, então se virou e começou a falar com voz baixa com os outros dois homens e não dava pra ouvir o que falavam.

— Jorge, venha até aqui.

— Harmes, me deixa explicar, não posso me casar.

— E quem disse que você foi escolhido?

— Não fui?

— Claro que não, primeiro que você é muito magro, não casamos pessoas abaixo do peso.

— Graças a Deus.

— O Clin é o escolhido, e como você é o melhor amigo dele, deverá levar o colar de pedras para a noiva que foi escolhida.

O Clin não sabia o que fazer por tanta felicidade, ele abraçou o Harmes e depois me abraçou, todos foram caminhando até onde estava a noiva, ela estava sentada perto de uma fogueira e havia duas mulheres ao seu lado, ela com uma roupa bem colorida e um véu sobre a cabeça, então Harmes foi até uma pequena mesa onde havia uma caixa de ouro e tirou um lindo colar de pedras preciosas, toda a comunidade estava em volta, consegui enxergar o senhor Simon com um pedaço de carne na mão e comendo, o Clin estava ao meu lado e parecia estar tremendo, um grupo de pessoas estavam alegres e gritavam forte, acredito que eram da família da noiva e do noivo.

— Jorge! Como será a minha noiva?

— Não dá pra ver, ela está coberta com um véu.

— Eu sei e você será o primeiro a vê-la.

— Como assim?

— O Harmes vai te dar o colar, então você deverá colocar no pescoço dela e depois retirar o véu, pra que todos vejam quem foi a noiva escolhida, fiquei muito honrado por Harmes escolher você para fazer isso.

— Eu também Clin, te desejo muita felicidade, e espero que não seja feia.

— Que isso Jorge, ela será linda pra mim.

— Tudo bem, assim que tirar o véu faço um sinal com o polegar pra dizer que ela é bonita e se eu não fizer nenhum gesto, você saberá que ela é feia.

— Está certo.

O Harmes veio em minha direção, trazendo o colar em suas mãos, então ele me passou e pude sentir o peso das pedras, eram lindas nunca tinha visto algo tão lindo.

— Jorge, você agora vai até a noiva e diga que você é o melhor amigo do noivo e por isso estará colocando o colar da comunhão no seu pescoço, tire o véu dos seus olhos para que ela veja o seu pretendido, depois você se vira e espera a chegada do Clin, entendeu?

— Sim, entendi.

—Então vá bem devagar e com calma.

Assim fui até a jovem e todo o povo cantava uma linda melodia, que falava "sejam bem vindo os noivos, que hoje se tornam um casal, para alegria dos nossos corações, que irão ter muitos filhos, onde nada haverá de mal, e sim grandes bênçãos e emoções", a música era tocada bem suave, continuei andando até me aproximar da noiva, queria ver a sua face e mandar um sinal de polegar pro Clin, coitado dele se ela fosse feia, não tinha mais volta, então assim que cheguei falei:

— Sou o melhor amigo do seu noivo, por isso estarei te colocando o colar da comunhão no seu pescoço e tirando o véu dos seus olhos para que você veja o seu pretendido.

E assim fui colocando o colar, podia ver a noiva tremendo, acredito que era uma emoção para ela, o povo batia palmas e a hora que soltei o seu véu, quase cai de costa, a moça era linda fiquei sem fala e todos começaram a gritar Clin, então me virei e Clin veio em minha direção com uma cara de decepcionado.

— Ela é feia? Você não deu o sinal.

Fiquei tão maravilhado com a beleza dela que havia me esquecido do sinal, ele achava que a tinha achado feia, mas quando ele olhou de frente, ela ficou em pé e abraçaram-se, então ele virou pra mim e disse:

— Jorge, ela é a Siem, filha do Harmes, se você achou feia, nunca você vai achar uma bonita.

E não deu tempo de dar resposta para o Clin, pois chegou uma multidão de pessoas abraçando-os e dando presentes, era muita alegria e continuou por um bom tempo, até que os noivos foram levados para dentro da casa, então aos poucos cada um foi indo para sua casa e logo encontrei o senhor Simon sentado embaixo de uma árvore.

— E aí senhor Simon, gostou da festa?

— Foi muito bom Jorge, o seu amigo parece que ficou feliz.

— Como é diferente o casamento aqui.

— É uma cultura totalmente diferente, mas o que não consigo parar de pensar é o que vai acontecer daqui há dois dias.

— E o que será que vai acontecer? Eles irão morrer?

— Só sei que precisamos urgente falar com a Grande Sabedoria.

— Por falar nisso, ouvi uma história sobre o Éden, que era um homem de guerra e que deram esse nome a este lugar, pensei que era o nome dado por Deus ao jardim de Adão e Eva.

— Não Jorge, Éden não é o nome do jardim, a bíblia diz que Deus criou um jardim no Éden, então a região já existia, como a terra de Node onde Caim foi morar.

— Então, o senhor Lets diz que vai contar a história do Node no próximo mês, que também era um guerreiro.

— Estamos aprendendo muito, Jorge.

— Se o senhor que é entendido está aprendendo, imagine eu.

— Vamos descansar Jorge, pois o Harmes diz que vai nos levar bem cedo para o caminho da montanha e vai nos deixar lá e você sabe que ele não poderá subir.

— Não sei se vou conseguir dormir pensando nesse encontro.

— Precisaremos estar bem, a subida vai ser longa, é melhor irmos pra casa do Harmes pra descansar.

— Vamos lá.

Estávamos indo para casa quando houve um grande estrondo e uma corneta começou a tocar, quem já havia entrado em sua casa, acabou saindo para ver o que era, começamos a ver uma luz vinda do céu e quando conseguimos visualizar vimos que eram dois anjos juízes de Lúcifer.

— Harmes, saia de sua casa precisamos conversar.

Todo o povo ficou em silencio e temeroso, o Clin não saiu da sua casa, mas isso já imaginava, pois para os dois, poderia acabar o mundo que eles não sairiam de lá por nada, o Harmes saiu de sua casa e foi ao encontro dos anjos, que pousaram com os seus pés no chão próximo a fogueira.

— Podem falar.

— Estamos aqui a pedido do príncipe Lúcifer, pois foi encontrada uma máquina nas montanhas do oeste, ela estava escondida numa caverna e fechada com pedras, então foi levada para o grande templo, a fim de ser examinada pelo príncipe, mas ele acredita que pode ter sido usada por duas pessoas e que essas pessoas podem estar pelo local, então se acaso você encontrar duas pessoas diferentes ou forasteiros, nos avise, pois se alguém os estiver escondendo, o príncipe lúcifer vai acabar com a comunidade.

— Entendi, se soubermos alguma coisa avisaremos.

— E tem outra coisa Harmes, amanhã não haverá venda no grande templo, pois o príncipe disse que daqui dois dias, vocês poderão levar qualquer alimento, sem precisar pagar, só será preciso que o adorem como deus, assim haverá uma nova mudança, quem servir ao príncipe Lúcifer e o adorá-lo terá tudo o que precisa, não terá mais fome, nem medo, só alegria de servi-lo, entendeu?

— Sim, entendi.

— Não esqueça que será preciso levar toda a comunidade, ninguém poderá ficar.

— Mas e quanto aos velhos e aqueles que não andam mais?

— Sem exceção, todos devem estar lá, os que ficarem ou não quiserem adorá-lo serão lançados vivos para o xenton e eliminados da comunidade.

— Pode deixar levaremos todos.

Assim depois de falar com o Harmes, eles voaram e sumiram de nossas vistas, mas minha preocupação agora aumentou, eles haviam achado a nossa máquina, todo o povo voltou para suas casas e Harmes veio em nossa direção.

— Senhor Simon e agora? O que vamos fazer pra voltar pra casa? – Perguntei.

— Calma, acredito que vamos dar um jeito, Jorge. O Harmes está vindo vamos conversar.

— O príncipe pegou o seu veículo, Simon e agora procura por vocês, se descobrirem vão acabar com a nossa comunidade, por isso vamos até a minha casa e lá a gente conversa melhor.

Assim fomos para a casa de Harmes, e fomos direto pra uma sala fechada, onde havia uma grande mesa com várias cadeiras, parecia uma sala de reunião, nos sentamos e Harmes fechou a porta e assim se sentou na ponta da mesa.

— A coisa está ficando cada vez pior, além dele ter levado o seu veículo Simon, ele ainda quer que o adoremos como deus, nós sabemos que ele não é deus, pois é um erro grave adoramos uma criatura como deus, assim a Grande Sabedoria nos ensinou e agora o que vou fazer?

— Olha Harmes, sei que será uma situação difícil pra vocês, mas a nossa única esperança agora será a Grande Sabedoria, pois Ele poderá nos mostrar a solução.

— Se o príncipe Lúcifer desmontar o veículo, senhor Simon?

— É Jorge, a coisa complicou mesmo.

— Mas se formos até o grande templo e procurarmos um jeito de achar o veículo?

— Impossível, os anjos juízes nunca dormem, nem o príncipe e com certeza estão tentando descobrir o que é aquele veículo e de onde veio e se pegarem vocês, descobrirão que estavam comigo, pois ele viu vocês.

— Tem razão Harmes, dá pra ir agora ver a Grande Sabedoria?

— Impossível Simon, os anjos devem estar vasculhando tudo, pra ver se encontram vocês.

— A melhor opção é irmos amanhã logo cedo, vamos com armas de caça e se alguém perguntar, vamos dizer que estamos caçando dinks, mas terei que deixar vocês no caminho e não poderei subir a montanha.

— E se nos pegarem enquanto subimos a montanha?

— Não se preocupe Jorge, na montanha encantada, a partir do momento em que você pisar nela, nenhum anjo, nem o príncipe poderá pegá-los, pois eles nada podem fazer na montanha, mas eles poderão vê-los subindo, por isso é bom subir se escondendo entre a vegetação sem que eles vejam.

— Harmes, e se descobrirem que somos os forasteiros, ou alguém de sua tribo nos denunciar?

— Então, vocês corram falar com a Grande Sabedoria e peça pra nos ajudar, pois poderei perder minha comunidade toda e ser lançado para o xenton, aqui na minha comunidade ninguém vai denunciar, pois todos sabem que não dá pra confiar na palavra do príncipe.

— Faremos o possível para ajudá-lo, Harmes.

— Eu sei disso Simon, mas vamos descansar, que amanhã teremos muito a fazer!

Saímos da sala, e a esposa de Harmes não estava com uma cara muito boa e fomos para o quarto onde já estava arrumado, havia algumas frutas sobre uma mesa e o senhor Simon se sentou sobre a cama.

— É Jorge vamos dormir um pouco, pois a nossa esperança é só Jesus.

— Eu não acredito que o calça curta, pegou a nossa máquina e o senhor já pensou se ele destrói a máquina?

— Não acho que ele irá destruir, pois ele deve estar querendo saber pra que serve, ou como funciona.

— E se ele fizer funcionar?

— Não tem como, ela é protegida com um sistema de leitura da minha mão, sem isso ela não liga.

— Ainda bem! Já pensou se ele fosse para o futuro? Mas espera aí, ele já está lá? Como seria? Dois diabos?

— Não esquente Jorge, isso nunca vai acontecer, vamos dormir.

— Dormir? Sabendo que a gente pode ficar aqui e morrer?

— Fale baixo Jorge, o povo está com medo do que pode acontecer.

— Desculpe senhor Simon, mas estou com medo também.

— Amanhã Jesus poderá nos ajudar.

— E se Jesus não estiver mais lá na montanha?

— Calma, não entre em desespero, você se lembra de que o Harmes nos disse que Ele estaria esperando?

— Está bem, vou me deitar, mas não garanto que vou dormir.

— Tudo bem, mas amanhã você vai precisar de energia pra subir a montanha.

— Olha quem me diz, quantos anos o senhor tem?

— Eu tenho setenta e dois anos Jorge, mas garanto que ainda aguento subir uma montanha.

— Vamos ver isso amanhã, senhor Simon.

Deitamos e era de madrugada, não havia nenhum som do lado de fora, em compensação o ronco do senhor Simon dava pra ouvir do lado de fora, não sei como ele podia dormir tranquilo, sabendo que a nossa chance de voltarmos pra casa estava nas mãos do Lúcifer, meus pensamentos foram longe, fiquei imaginando nos encontrarmos com Jesus pessoalmente, e o que será que Ele vai falar, será que vai lembrar-se das coisas erradas que fiz? Ao mesmo tempo em que dá curiosidade de conhecê-lo e saber como será o seu rosto, dá medo dele não quere falar conosco, assim fiquei pensando em tudo, nem vi que horas peguei no sono.

Capítulo 13

A Grande Sabedoria

Uma luz entrou pela fresta da janela e bateu no meu olho, foi então que acordei e percebi que o senhor Simon não estava na cama, levantei e fui para a sala e encontrei o Simon e o Harmes conversando.

— E aí Jorge, preparado pra caminhar?

— O senhor acordou cedo.

— Eu levantei e vim conversar um pouco com o Harmes.

— É Jorge, o Simon está muito preocupado com a máquina e estávamos tentando encontrar uma forma de vocês chegarem até o templo e encontrarem a máquina de vocês.

— Sei, passei a noite pensando.

— Não tem como chegarmos à máquina, Jorge. Temos que encontrar a Grande Sabedoria, talvez Ele nos mostre como chegarmos lá.

— Então Simon, se alimente bem, porque é longa a caminhada e pedi pra minha esposa arrumar uma bolsa com as suas coisas e algumas frutas, agora quanto à água vocês podem ficar despreocupado, que na montanha encantada há várias bicas de água e vocês podem saciar a sede em cada parte da montanha.

Assim fomos até a cozinha e na porta estavam duas bolsas de couro e pude perceber meus tênis dentro de uma das bolsas, nos sentamos à mesa e havia um tipo de chá de ervas, o cheiro era diferente, nunca havia provado algo como aquele, dava uma lembrança de mel com erva doce, mas um pouco mais saboroso, havia alguns pães que eram deliciosos.

— Que pães deliciosos.

— Gostou Jorge? Sabe quem fez?

— Está muito gostoso Harmes, foi sua esposa que fez?

— Que nada este pão foi feito pela Siem, minha filha a esposa do Clin, como é de costume eles levantam cedo e já preparam os pães e dão pra cada família.

— Este pão está maravilhoso, o Clin deve estar bem feliz, por falar nisso, como vocês escolhem os noivos é sorteio?

— Que nada Jorge, vou te contar o segredo, mas você não pode contar pra ninguém da nossa comunidade, os anciãos da comunidade ficam de olho nos jovens e percebem aqueles que têm mais conversa com uma jovem e ficam mais tempo juntos, isso indica que eles sentem algo, então é feito uma reunião entre os anciãos e acabam me passando quem deve se casar.

— Entendi, se fosse na minha terra eu teria que me casar com a Sandra, mas ela é minha amiga e por isso a gente vive conversando, não seria o motivo pra gente se casar.

— Jorge, acho que você é que não entendeu ainda, ou está se enganando.

— Agora você parece minha tia.

— Então ela deve ser muito sábia, mas vamos logo, pois daqui algumas horas os soldados do príncipe Lúcifer estarão indo fazer ronda próximo à montanha, e eles não podem encontrar vocês e quando iniciarem a subida, procurem se esconder nos arbustos como expliquei, para que os juízes não os vejam. Pena que não podem ficar conosco, seria um prazer ter vocês morando com a gente.

— Sei Harmes, mas nós precisamos voltar a nossa terra, não sabemos como fazer ainda, se alguma coisa der errada, não se preocupe com a gente cuide de sua comunidade que eu e o Jorge daremos um jeito.

— Eu sei disso, mas se precisarem poderão ficar conosco o tempo que for necessário!

— Obrigado, desde já agradecemos a hospedagem e o carinho que teve conosco, Harmes.

O senhor Simon parecia que ia chorar e o Harmes também e os dois se abraçaram, depois Harmes veio em minha direção e também me abraçou e como lembrou a minha tia.

— Vou sentir muito a sua falta, Jorge, pois você é muito bacana, se você ficasse por aqui a gente ia te engordar e preparar uma bela moça pra você se casar.

— Obrigado, Harmes valeu mesmo te conhecer, você é um grande líder e nunca mais vou me esquecer, não se preocupe que sou magrinho mesmo e não reclamo, pode deixar que quando achar a pessoa certa me caso.

Após sairmos da casa de Harmes muita gente estava do lado de fora e cada um vinha nos abraçar, até pessoas que eu nunca tinha visto e por fim pude ver o Clin chorando e veio me abraçar.

— Puxa Jorge, agora que encontrei um amigão de verdade, você vai embora?

— Desculpe Clin, mas preciso voltar.

— Um dia a gente vai se ver de novo?

— Eu não sei, quem sabe a gente consegue voltar, mas não posso garantir.

— Acredito que um dia todos nós vamos nos encontrar de novo, Clin.

— Como assim senhor Simon? Poderemos voltar aqui?

— Um dia todos nós nos reuniremos com a Grande Sabedoria e nos veremos de novo.

— Então, até esse dia Jorge, mas se você puder aparecer antes por aqui não se esqueça da gente.

— Pode deixar Clin, nunca vou esquecer você e de seu belo casamento.

Assim fomos saindo da comunidade e fomos entrando por um caminho no meio da mata, Harmes foi conosco até um trecho do caminho e depois nos deixou sozinhos para continuar.

— Senhor Simon, o senhor falou uma coisa pro Clin que me deixou intrigado.

— Sobre um dia nos reunirmos de novo?

— Sim, como o senhor sabe dessa reunião?

— Estive conversando com o Harmes e ele me disse que todos da comunidade sabem que um dia haverá uma grande reunião com a Grande Sabedoria, mesmo aqueles que estiverem mortos vão ressuscitar e estarão ali para serem julgados pelas suas boas obras e os que fizerem as boas obras serão separados para ficar com a Grande Sabedoria e os que não fizerem serão lançados no lago de fogo.

— Isto é o inferno?

— É Jorge, o Harmes estava falando apenas o que está registrado na bíblia, que é o julgamento final, onde todos os homens serão julgados, mas os salvos já estarão com Jesus! Então lá bem no futuro poderemos nos encontrar com eles novamente.

— Entendi, mas e se eles não fizerem boas obras?

— A salvação depende das escolhas de cada um.

— Mas apendi com meu pai, que a salvação só vem por Jesus e não por obras.

— Sim, mas nós estamos numa época que Cristo ainda não foi crucificado, ou seja, ele ainda não morreu pra nossa salvação, então eles serão julgados pelas obras.

— É verdade, eles têm que praticar boas obras.

— Isso, mas até o verdadeiro Cristão, que já aceitou o sacrifício de Cristo pelo nosso pecado, também deve ter boas obras, ou como poderá ser Cristão?

— Entendi, a fé sem obras é morta, não é?

— Estou ficando admirado com você Jorge, está sabendo citar as passagens bíblicas.

— Isso é uma coisa que meu tio vivia falando para o pastor Nilson.

— É aquele homem precisava mesmo fazer algumas boas obras.

— Senhor Simon, o que é aquilo ali na frente?

— Vamos parar, parece um rinoceronte, mas sem o chifre.

— Será que é bravo ou carnívoro?

— Acho que não, mas vamos dar a volta por cima daquelas pedras e ficarmos atento, qualquer coisa a gente corre e sobe em alguma árvore.

O animal era gigantesco, várias vezes nos olhou, mas nem deu atenção, continuou comendo a vegetação e nem se mexeu do lugar, demos a volta e continuamos a seguir a trilha que o Harmes havia nos orientado.

— Senhor Simon, estou com dor no pé, estas sandálias estão me matando, cada pedra no chão a gente sente na sola, é terrível.

— Também acho, vamos colocar nossos calçados e assim será melhor a caminhada.

— De tênis vai ser bem melhor.

Continuamos caminhando pela mata e havia alguns animais por cima das árvores, que pareciam como macacos e estavam curiosos e nos seguiam pulando pelas árvores, e eles eram rápidos e não faziam qualquer barulho, apenas pulavam de um galho no outro, conseguimos enxergar a montanha, e realmente devíamos ter andado pelo menos umas duas horas.

— E aí Jorge está cansado?

— Estou não, e o senhor?

— Também não estou e olha que andamos uma boa caminhada, mas sabe por que não estamos cansados ainda?

— Por quê?

— Aqui tem mais oxigênio, do que o nosso mundo.

— Verdade?

— Sim, pode ver que o lugar aqui é bem mais verde.

— Tem razão.

— Os nossos pulmões estão trabalhando com bastante oxigênio limpo.

— O meu acho que nunca tinha experimentado algo assim.

— Então, vamos chegar até o pé da montanha, assim a gente para pra descansar e beber um pouco de água.

— Senhor Simon, se soubesse que conseguiríamos viajar no tempo, deveria ter trazido uma câmera fotográfica, e deixaria tudo registrado.

— É verdade, pensei em tudo menos nisso, mas vamos lá que está quase perto. Chegamos num lugar descampado ao pé da montanha, ela era alta e ia dar um pouco de trabalho pra subir, mas havia um caminho contornando toda a montanha e podíamos ver uma abertura, como uma caverna no final do caminho, bem em cima da montanha, é onde acreditamos estar a Grande Sabedoria, logo ali perto da montanha havia uma bica de água, o senhor Simon correu e começou a beber.

— Jorge, venha experimentar esta água, ela está gelada e acaba com a sede.

— Me deixa experimentar.

Assim que provei podia sentir um frescor no meu estômago, parecia ter bebido a melhor água do mundo, nem na casa do Harmes tinha uma água como aquela, a sede foi embora no primeiro gole, e conforme a gente ia bebendo as forças iam aumentando, até que deitei sobre uma pedra e podia sentir a água fazendo barulho na minha barriga, assim depois de descansar um pouco continuamos e começamos subir a montanha.

— Jorge, vamos ficar atento pra ver se não aparece nenhum juiz voando.

— O que dá medo é que se descobrirem a gente, o Harmes e todo mundo vai ser devorado pelo xenton.

— Vamos subir como o Harmes nos orientou escondidos pelos arbustos.

— Tive uma ideia senhor Simon, vamos quebrar alguns galhos e penduramos na cabeça e nas roupas e assim ficaremos camuflados.

— Boa ideia, vamos fazê-lo.

Ficamos parecendo duas moitas andando na montanha, não queríamos prejudicar em nada a comunidade do Harmes, fomos subindo e a cada passo ficava mais difícil e como era difícil subir aquela montanha, porque Jesus não fazia uma casa lá embaixo era mais fácil.

— Jorge, pare um pouco e se abaixe tem algo voando lá na frente.

— Serão os anjos?

— Não dá pra ver ainda, vamos ficar quietos.

Aos poucos conseguimos perceber o que era, parecia um pássaro, mas sem penas, ele tinha uma cabeça em formato de galinha e o bico bem comprido e fazia um barulho estridente e passou bem longe de onde a gente estava e o meu coração na hora acelerou.

— Ainda bem que não era, Jorge.

— Vamos continuar subindo, senhor Simon e vamos chegar logo.

Continuamos subindo atentos, parávamos quando encontrava uma bica d'agua, teve um momento que o senhor Simon parecia cansado, mas ao chegar à bica as forças voltavam e ele sentia pronto pra continuar, quando chegamos próximo ao topo da montanha, encontramos a abertura e quando pensamos em entrar, tivemos que parar e se esconder por trás de uma pedra, pois vi um anjo sobrevoando abaixo de nós e por onde passamos, havia alguns soldados com lanças nas mãos, mas estavam muito longe abaixo da montanha, e pareciam perceber que havíamos estado por ali.

— Você está vendo, senhor Simon?

— Sim Jorge, acho que eles seguiram as nossas pegadas, não devíamos ter trocado de sapato, pois o meu sapato e o seu tênis deixa marca que eles nunca viram e por causa disto eles vêm seguindo a trilha e o anjo está dando cobertura pra eles pra ver se acha a gente.

— E se eles subirem a montanha?

— O Harmes disse que eles não sobem, mas pode ser que fique esperando a gente voltar.

— Agora estamos perdidos.

— Calma falta pouco pra gente entrar, vamos esperar o anjo dar a volta por de trás da montanha e assim a gente corre e entra pela abertura da caverna.

— Mas os soldados não vão perceber?

— Talvez, mas é um risco que temos que correr.

— Ai meu Deus! Esse negócio está ficando muito complicado, estamos sem a máquina pra voltar e agora tem soldados querendo pegar a gente.

— Veja, ele está indo lá por de trás, vamos Jorge, é agora.

Corri desesperadamente e entrei primeiro e o senhor Simon logo atrás de mim, logo que entrei percebi uma tocha acesa na entrada e havia uma pequena mesa a nossa frente com uma cadeira e por cima da mesa um papel apoiado com uma pedra.

— O que será isso? Não tem ninguém? Será que a recepcionista saiu pra almoçar, senhor Simon? E deixou um recado?

— Vamos ler o papel, Jorge e deixe de graça.

Peguei o papel e estava escrito:

—Pegue a tocha que está sobre a cadeira e acenda na tocha da entrada e siga o caminho pela lateral direita. Depois deixe o papel para o próximo que entrar.

— Já entendi senhor Simon, a Grande Sabedoria mandou embora a recepcionista e deixou o recado.

— Jorge, você quando fica nervoso começa a fazer piada, pare e vamos fazer conforme está escrito.

— É que o bom humor espanta o medo.

— Sei, vamos descer então este caminho da direita.

Fomos devagar pelo caminho da direita e havia uma escada, o senhor Simon foi à frente e aos poucos a chama da tocha ia clareando o caminho e dava pra ver alguns brilhos nas pedras, que pareciam cristais, assim fomos descendo até chegar uma sala grande onde havia uma mesa e algumas cadeiras, a mesa era trabalhada e havia alguns desenhos de anjos e animais pré-históricos, era muito bonita mesmo, as cadeiras eram revestidas com couro e o senhor Simon achou um tipo de um suporte para apoiar a tocha e ali colocou, iluminou todo o salão, havia um grande tapete vermelho no chão que tomava toda a sala, como se fosse um carpete, não sei dizer do que era feito e do lado de trás da mesa um grande galho de arvore seca, e cheio de espinho.

— Você viu Jorge, quanto diamante tem nas paredes?

— É diamante?

— Provavelmente este lugar um dia foi um vulcão e acabou deixando as pedras encravadas nas paredes.

— Sim é interessante, mas cadê a Grande Sabedoria? E na mesa não tem recadinho?

— Vamos nos sentar comer algumas frutas e esperar pra ver se aparece alguém.

— E se não aparecer ninguém?

— Calma! Jesus sabe que estamos aqui, Ele vai aparecer.

O senhor Simon, ao mesmo tempo em que parecia estar tranquilo, em sua face dava pra ver que também estava preocupado de não aparecer ninguém, assim começamos a comer algumas frutas que estavam deliciosas, assim ficamos por um bom tempo e foi que num momento começamos a sentir um vento forte entrar pela sala e aqueles galhos secos cheios de espinhos, começaram a pegar fogo e iluminou a sala toda, os diamantes começaram a brilhar intensamente e começamos ouvir alguém descendo as escadas, era um homem forte com roupas de pele como as nossas, parecia alguém da comunidade do Harmes, estava com um sorriso no rosto, não tinha barba e veio em nossa direção.

— Finalmente nos encontramos, meus amigos Jorge e Simon.

— O senhor é a Grande Sabedoria?

— Sim Simon, é como o pessoal me chama por aqui, mas vocês me conhecem por Jesus. Nesta hora Simon se ajoelhou no chão e começou a chorar como uma criança. Então também me ajoelhei e fiquei quietinho, Jesus era totalmente diferente do que eu imaginava, ele era como um homem comum.

— Simon, Simon, levante-se, sei que você tem muitas dúvidas e temos bastante tempo pra conversar, pode se sentar e você Jorge também pode se levantar, sei que também tem muita coisa no coração.

— Jesus, eu não sei nem o que falar.

— Nem precisa Jorge, que bom se muita gente parasse pra me ouvir um pouco, o mundo seria bem melhor! Mas vou com calma, sei que está passando muita coisa em suas cabeças e ainda estão muito nervosos, mas não se preocupem fiquem tranquilos, gostaram da minha sarça ardente?

Comecei a olhar aqueles galhos secos que estavam queimando, tinha um fogo azul, mas não queimava os galhos, era bem estranho e interessante, pois podíamos sentir o calor e a luz incessante, o senhor Simon não parava de chorar e Jesus olhava para ele com amor.

— Esta sarça é a que Moisés vai ver, e ele vai ficar como o está agora Jorge, de boca aberta.

O senhor Simon, sorriu entre alguns soluços, então Jesus foi até a mesa e se sentou na ponta, então também nos sentamos e ficamos em silêncio olhando-o.

— Bem sei que vocês vieram para o passado, só vieram pra cá com minha permissão, queria que vissem como tudo começou e entendessem o que quero de vocês dois, pois os dois fazem uma bela dupla, um já tem muita sabedoria e outro tem a coragem, demorei um pouco para vir aqui, pois estava esperando vocês se alimentarem, como vocês dizem, falar de boca cheia é feio, não é, Jorge.

— Sim, Jesus.

— Vamos começar com você Simon, sei que deseja perguntar sobre a morte de seu filho, e por que ele morreu, não é?

— O Senhor sabe tudo, me perdoe a minha falha e os meus pecados, sei que muito tempo estive irado com o Senhor, por ter levado o meu filho tão novo e não entendi até hoje.

— É Simon, muita coisa você não entende e isto te consome por dentro, mas muitas vezes tentei falar contigo sobre este assunto, mas a sua revolta era tão grande que não conseguia mais me ouvir, nem mais falava comigo em oração.

— Senhor me perdoa? E me ajuda?

— Por isso estou aqui Simon, já te perdoei e vim para fazer entender. Quanto tempo levou para você fazer seu filho acreditar em mim?

— Comecei a ensiná-lo quando ainda era pequeno, ele sentia uma falta muito grande da mãe, que havia falecido de um câncer.

— Sim a Marieta, era uma mulher de fibra, mesmo sofrendo com dores, ainda me louvava com um pouco de voz que possuía.

— É Senhor, muitas vezes tentei confortá-la, mas ela cria que tudo aquilo era para ajudá-la a crescer espiritualmente, e muitas vezes eu saia do quarto mais cheio de fé!

— É Simon, ela cresceu tanto espiritualmente, que nos últimos dias dela na face da terra, ela me enxergava junto dela e várias vezes conversava comigo e nunca me pediu para curá-la, ela somente pedia por você e seu filho Ramon, para que ajudasse vocês a superar tudo aquilo.

— Ela morreu nos meus braços, e foi muito difícil.

— Eu sei Simon, estava lá e a recebi nos meus braços e levei ao paraíso, você tinha que ver a alegria dela ao entrar pelos portões celestiais, tentei te mostrar isso, mas você também não conseguia enxergar.

— Foi difícil Senhor! Não conseguia pensar em nada.

— Os homens têm uma dificuldade tremenda de se separar dos parentes queridos, pois não conseguem acreditar ou ainda tem dúvidas sobre o que acontece após a morte.

— Ah! Senhor perdoa a minha incredulidade, mas porque tem que existir essa separação?

— Isto tudo Simon, não era o que desejava pra vocês, mas o pecado dominou e modificou tudo, vocês não eram pra morrer, e sim viver eternamente, agora consegui reverter esta situação com a minha morte na cruz, hoje vocês podem viver eternamente se me aceitarem como caminho da salvação! E isso a sua esposa fez e quando ela entrou no paraíso, ela me pediu que ajudasse vocês a chegarem lá onde ela estava.

— Senhor, me ajuda a ter mais fé.

— Simon, Simon, quanto tempo esperei de você este pedido, sempre quis que você tivesse mais fé, e deixasse um pouco a razão de lado, e acreditasse em tudo o que falo. Agora me deixa explicar sobre o seu filho Ramon, você conseguiu ensiná-lo a andar no caminho e assim ele fez.

— Minha esposa pediu que eu ensinasse o nosso filho a andar no caminho da verdade, para que ele pudesse crescer e ser servo teu.

— E você fez um ótimo trabalho Simon, aquele menino cresceu e se tornou homem, sempre esteve falando comigo e em toda oração ele me agradecia pelo pai que possuía, sei que você está se perguntando por que o levei, vou te contar uma história que você não sabe. Ele tinha sido convidado a participar de uma corrupção, pois você sabe que o inimigo não descansa enquanto não consegue derrubar algum fiel.

— Ele não me contou sobre isso. Quem o convidou? E por quê?

— A fé dele foi provada, e conseguiu passar por ela com muita honra, se fosse uma disputa olímpica tínhamos que ter dado a ele uma medalha de ouro, Simon. O inimigo não ia deixa-lo em paz, e o tentou várias vezes, mas ele saiu vitorioso, então quando foi tentado pela última vez, ele me pediu para ajudá-lo, pois não conseguiria vencer aquela luta, ele te amava muito e faria qualquer coisa para te defender.

— Senhor! Ajuda a entender, isso tudo! O que foi a sua tentação?

— Calma! Ainda não poderei esclarecer por completo, quando você voltar para sua casa, com mais alguns dias tudo ficará bem claro, Simon.

— Por quê?

— Tudo terá que ser resolvido, mas seja paciente Simon, pois o encontro de você com o Jorge, a viagem no tempo, tudo aconteceu para que vocês consigam resolver toda a situação que ainda está pendente.

— Está bem, Senhor.

— O seu filho me pediu socorro, e ele já estava pronto, ou seja, quando um fruto está maduro o que você faz?

— Vou colhê-lo.

— Isso mesmo, pois se você deixar no pé pode cair e estragar, daí para mais nada serve. Então, como o fruto já estava pronto, colhi para não cair ou estragar.

— Ah, Senhor me perdoa, sei que ele foi para um lugar melhor.

— Você tinha que ver a alegria dele ao me encontrar, e quando ele entrou no paraíso, Ramon correu para os braços da Marieta, pois a saudade era bastante, ela me agradeceu por ele ter conseguido chegar e perguntaram de você Simon, então disse que ainda tinha um grande trabalho para você na terra, e era necessário que você descobrisse muito sobre mim e a existência do ser humano, e eles estão te aguardando por lá.

— E quando irei Senhor?

— Lembre-se do fruto, Simon.

Fiquei admirado com tudo o que estava acontecendo, o senhor Simon se aproximou de Jesus e o abraçou, como se um filho abraçasse um pai, e Jesus o abraçou sorrindo, enquanto o senhor Simon misturava riso com choro, parecia que algo pesado havia saído do coração dele, Jesus havia trazido paz ao coração daquele velho homem, algo que eu nunca tinha visto ou imaginado, para mim foi fantástico, parecia estar vendo um psicólogo e seu paciente alcançando a tão esperada cura, mas também ali estava o médico dos médicos.

— Simon, vou pedir para sentar de novo, pois agora preciso falar com o Jorge.

O senhor Simon olhou para mim com um sorriso na face e seus olhos todo inchado e vermelho, acho que fazia tempo que aquele homem não chorava tanto, mas nesse mesmo instante um frio correu a minha espinha, Jesus queria falar comigo, e agora o que eu iria fazer ou falar?

— É Jorge, o meu atendente foi almoçar ou foi mandado embora?

— É foi uma brincadeira Senhor, me perdoa?

— Mas eu não estou te condenando, achei muito engraçado, você tem um bom senso de humor! Antigamente um dos anjos Juízes de Lúcifer ficava ali para atender as pessoas e me ajudava a conversar com elas, mas Lúcifer conseguiu convencê-lo de que aquilo não era serviço pra ele, e que ele o tornaria mais poderoso, então ele seguiu a Lúcifer e lá ficou, mas logo a gente fala um pouco mais sobre essa terra e porque tudo está deste jeito. Mas o que você quer pedir Jorge?

— Ai Jesus, muita coisa passa na minha mente, o Senhor é poderoso.

— Vamos Jorge, você tem uma oportunidade que muitos gostariam de ter, mas infelizmente não conseguem me buscar, ou não conseguem ver devido à incredulidade, mas você agora está me vendo e pode pedir.

— Senhor eu gostaria de pedir pela minha amiga Sandra, ela e toda à família têm sofrido com o pai que é bêbado, já foi internado várias vezes e nunca resolve, o Senhor poderia ajudá-lo a se curar?

— É isso que gosto em você Jorge, nunca pensa em si mesmo, sempre pensa em ajudar os outros, se fosse algum outro poderia pedir qualquer coisa para si, mas você pediu pra sua, o que mesmo?

— Minha amiga Sandra, o Senhor não sabia?

— É claro que sei, mas você ainda é que não sabe, se ela ainda quer ser sua amiga.

— Mas ela fala que é minha amiga, até o Senhor vai dizer que ela é minha namorada?

— Eu não vou dizer, pois quem tem que dizer isto pra ela é você.

— Ela é minha amiga e gosto dela.

— Eu sei Jorge, você é quem deve decidir, mas para resolver o problema do pai dela, vou precisar da sua ajuda, você aceita?

— Sim, claro o que for preciso.

— Então, quando você voltar procure o pai dela e peça pra ele ir à delegacia e falar a verdade, e não ter medo de falar, porque a família dele estará sobre os meus cuidados, e para apoiar o seu testemunho ele deve procurar na Rua dos Limões, você sabe onde fica esta rua Jorge, fica bem próximo a sua escola.

— Sei sim, é a rua da Dona Rute!

— Isso mesmo, lá no número trinta, procure o Valdemar.

— O que ele vai falar pra polícia?

— Você só saberá no dia, faça isso e ajudará resolver o problema da família.

— Entendi.

— E por falar na dona Rute, Jorge.

— Senhor me perdoa, eu não tive a intenção de prejudicar o Pedro, não sei o que aquela velha fez com ele, não queria que nada acontecesse.

— Você fez a melhor coisa que podia acontecer para a dona Rute e para o Pedro.

— Eles vão se casar?

— Jorge, seu senso de humor é incrível, você verá o que fez quando voltar.

— Ai meu Deus, cada vez fico intrigado, gostaria de pedir mais uma coisinha Jesus.

— Fale Jorge.

— Sobre a minha tia Fábia, ela gostaria tanto de ter um filho, o senhor não poderia ajudá-la?

— Vamos fazer o seguinte Jorge, converse com sua tia sobre a nossa conversa e diga que você irá orar por ela, então quando orar, ponha a sua mão sobre a cabeça dela, se ela acreditar em mim, receberá o que tanto deseja.

— Não seria mais fácil o Senhor só mandar nascer uma criança no ventre dela?

— Eu disse que preciso da sua ajuda, Jorge.

— Mas e se ela não acreditar em mim?

— Então, você verá como é difícil falar e não acreditarem.

— Ai Jesus, eu não sou pastor.

— Mas eu sou! Davi escreveu sobre mim no salmo vinte e três.

— Está bem, vou fazê-lo, mas não sei se ela vai acreditar?

— Como você não pediu nada pra você, vou resolver a sua situação com seus pais, e eles aceitarão o Simon como seu amigo.

— Verdade? Puxa nem sei como agradecer, Senhor.

— Falando um obrigado, já está bom, muitos recebem o que pedem, mas poucos agradecem.

— Obrigado, Senhor, muito obrigado mesmo.

— Você ainda tem dúvida sobre a questão de igreja, não é, Jorge?

— Sim, Senhor, não entendo porque de tantas igrejas e tantos nomes, e qual é a certa?

— Jorge, quando deixei meus discípulos na terra, apenas disse que continuassem o que eu havia ensinado, pois mostrei que quando vim para o mundo foi para fazer a vontade de meu pai e não a minha vontade, mas logo depois, muitos deles se esqueceram e acabaram procurando seus próprios interesses, muitos dizem estar propagando o reino de Deus na terra, e na verdade estão aumentando seus próprios reinos na terra. Mas mesmo assim alguns encontram a verdade, como foi o caso de Simon e sua família que conseguiram alcançar a salvação, então permito que isto aconteça e assim muitos são salvos, mesmo que o evangelho seja pregado para o interesse dos próprios pregadores.

— Entendi, o Senhor está falando daquelas igrejas que pregam o Evangelho, mas para ganhar dinheiro?

— Como diria o Simon, você está entendendo bem, Jorge.

— E como ficam estes pregadores?

— Eles acertarão comigo um dia, e serão lançados no lago de fogo que queima dia e noite.

— Então onde vou achar a igreja perfeita?

— Você já encontrou, Jorge.

— A Caminho do Céu?

— Esta é apenas um nome, a verdadeira igreja são todos que me buscam e me seguem.

— Então, não preciso de uma igreja pra te servir?

— Sim, é necessário ir a uma igreja, pois lá juntos vocês podem vencer as armadilhas do inimigo, e ainda ajudar uns aos outros se amando e vivendo em comunhão! Você se lembra da última ceia que fiz com os meus discípulos, eu disse a eles que partia o pão que era o meu corpo, e cada um pegava um pedaço do pão e comia e ali deixei bem claro, a minha igreja é o meu corpo, e foi dividida por causa deles, com suas doutrinas, filosofias e pensamentos, mas um dia eu reunirei a minha igreja de novo! Pois assim farão parte do meu corpo onde eu sou a cabeça.

— As igrejas têm falhas, mas muitos que estão dentro dela serão salvos independentes do que seus ensinadores fazem?

— Isso Jorge, a verdadeira igreja está dentro do coração daqueles que buscam a verdade.

— Obrigado, Jesus!

— Se você ler a minha Palavra encontrará muito sentido para a vida, tanto espiritual como material! Dentro do livro do apocalipse você vai encontrar sete igrejas que estavam com erros e pedi para que seus pastores se arrependessem, mas mesmo assim haviam pessoas dentro das igrejas que não se contaminavam, como os seus líderes faziam e por isso foram salvas.

— Sou meio devagar em leitura, Jesus.

— Devagar ou preguiçoso, Jorge?

— Preguiçoso!

— Aprenda a amar as Escrituras, pois foi o livro que deixei para que vocês leiam, e façam o que está escrito.

— Mas muitos interpretam diferente, e ensinam cada um de uma forma.

— Se cada um não tivesse preguiça de ler e buscasse a verdadeira interpretação nas escrituras, não seriam enganados, por isso sempre digo, o meu povo erra por não conhecer as Escrituras.

— Vou começar a ler mais e buscar entendimento e assim poderei ser como o senhor Simon.

— O Simon sempre estudou as Escrituras e sempre buscou a verdade dos fatos, e nas dúvidas que tinha me procurava em oração para entender, assim sempre conseguiu entender muitos fatos bíblicos.

— Só mais uma pergunta, Senhor, perdoe-me se estiver te chateando.

— Nunca fico chateado, com quem quer a verdade.

— O Senhor disse que quando voltarmos é pra eu procurar o pai da Sandra e tal, mas como vamos voltar, se a nossa máquina o calça-curta roubou?

Nessa hora Jesus se levantou veio em minha direção e passou a sua mão sobre a minha cabeça.

— Só você mesmo Jorge, calça-curta pro Lúcifer. Não se preocupe que vocês terão a máquina de volta, mas vamos lá, querem ouvir a história do que realmente aconteceu por aqui?

Então, Jesus se sentou do outro lado da mesa pegou em nossas mãos, e nessa hora estávamos em cima de uma enorme montanha, e podíamos ver uma comunidade gigantesca e cheia de pessoas e o grande templo.

— Estão vendo, assim era o mundo há seis milhões de anos atrás, haviam grandes reinos e comunidades, onde todos unidos viviam em harmonia e adorando a Deus no grande templo, e havíamos criado Lúcifer um anjo sábio e com muito poder, para que cuidasse do povo e os ajudassem no que fosse preciso para viver e estivessem em adoração a Deus, e assim o ajudei em tudo, orientando e direcionando, mas infelizmente Lúcifer se achou melhor que todos e acabou sendo invadido pelo pecado, e começou a influenciar o povo a não mais adorar a Deus, para que todos dependessem dele totalmente, alguns caíram em sua conversa e ficaram a serviço dele, outros se separaram e criaram comunidades separadas, e para sobreviverem começaram a plantar, criar animais e começou haver troca de favores e comercio entre eles para que cada comunidade criada sobrevivesse. E Lúcifer criou a sua moeda e todos deveriam fazer a venda e a compra somente com ele, e para que todos obedecessem, soltou os grandes animais para que destruíssem as comunidades rebeldes, como vocês já ouviram a história do Harmes, e para isso ele deixou o xenton, para servir de exemplo; então sempre estive nesta montanha e aqui esperava pelas pessoas, para orientá-los a não caírem na conversa de Lúcifer, muitos líderes vinham em busca de orientação, e Lúcifer indignado começou a matar e prender os líderes que aqui vinham e apenas Harmes continuou vindo e agora até ele foi impedido.

—Senhor, porque o senhor já não acabou com ele?

— Jorge, uma coisa que sempre deixei para o ser humano é oportunidade de escolha, o que você conhece por livre-arbítrio.

— O ser humano é que deve escolher o caminho?

— Sim Jorge, se não houvesse outro caminho como poderiam escolher?

— Senhor, e os povos que existiram antes destes?

— Simon, Simon, sempre querendo saber mais! Existiram três antes dessa, mas sobre eles vamos deixar para uma próxima viagem?

— Sim senhor!

— Espera um pouco, vamos fazer outra viagem com aquela máquina? O Senhor deve estar brincando, não conseguimos nem sair daqui ainda.

— Jorge e suas aflições, estou falando que um dia se vocês desejarem saber mais sobre os outros povos é só viajar com a máquina que levo vocês para conhecerem.

— Me desculpa Jesus, mas eu não vou querer uma próxima de novo.

— Ainda é cedo pra você decidir, Jorge.

— Eu sei que é cedo, mas o Simon já ficou empolgado.

— Me deixa continuar, Lúcifer acabou cercando o povo para que dependessem dele, e agora ele quer que o adorem, e se não o adorarem, serão mortos.

— Jesus, Ele vai subir aos céus e querer ser deus.

— É Simon, e muitos vão adorá-lo, pois acreditam que ele pode ser um deus, e ele será lançado dos altos céus e acontecerá o fim desta geração.

— E o que vai acontecer com o Harmes e toda a sua comunidade? Eles vão morrer?

— Jorge, cada um tem que ter a sua escolha, o Harmes escolheu a dele ele não vai adorar o Lúcifer, e todos que não adorarem o Lúcifer terão o privilégio de descansar e em breve estarão comigo num mundo melhor e perfeito que será criado no futuro, mas aqueles que o adorarem receberão o castigo de perder os seus corpos e viverão como espíritos vagantes até que quando no futuro criarei o lago de fogo e os lançarei por lá.

— Eles vão viver só em espírito, como assim?

— Você já ouviu falar dos demônios, Jorge? Então, os demônios nada mais são que estes povos que são servos de Lúcifer.

— Então, quer dizer que estes que servem ao calça-curta, serão os demônios no meu tempo?

— Isso mesmo, estarão vagando pelas escuridões a fim de encontrar um corpo para entrar e dominar.

— Será um caos.

— Infelizmente, aqueles que no futuro deixarem se influenciar pelo Lúcifer, terão esses demônios sobre as suas vidas, mas aqueles que me servirem terão a vida liberta e poderão libertar outros.

— Muitos serão atormentados, serão levados aos vícios e haverá muita violência?

— É Simon, mas cuidado nem tudo será culpa dos demônios ou de Lúcifer, o próprio ser humano quando está no pecado pode produzir muita violência e perturbação.

— E no caso de pessoas que fazem regressão e acham que viveram outras vidas no passado?

— Não existe reencarnação, e está bem claro nas Escrituras, por isso sempre digo, o meu povo erra por não conhecer as Escrituras, o homem por não entender o que acontece ao seu redor, acabam criando fantasias em suas mentes, muitas vezes influenciados por demônios, e neste caso alguns psicólogos tentando descobrir o passado das pessoas, acabam colocando elas em transe, e a pessoa acaba dormindo e dentro da sua mente há demônios e que por sua vez falam com os psicólogos e mentem sobre tudo. Está na hora do meu povo conhecer a verdade, e por isso é preciso anunciar o verdadeiro evangelho.

— Jesus, mas então este mundo que agora vemos está chegando ao fim? E tem como mudar?

— Infelizmente Jorge, não tem mais volta à maioria já aceitou a oferta de Lúcifer, agora será necessário colher alguns frutos que ainda estão maduros, para que não caiam ou estraguem, entendeu?

— Entendi Senhor, mas fico com dó só de saber que irão morrer.

— Se te dói o coração Jorge, imagine o meu quando vejo pessoas sendo enganadas e levadas à perdição, e elas fazem as suas escolhas, mas quando você voltar procure ajudar as pessoas a entenderem, assim alguns te ouvindo poderão buscar o caminho da Salvação.

— Sim Senhor, farei o possível para ajudar, não tenho muito conhecimento da Bíblia, mas sei que o senhor Simon poderá me ajudar a entendê-la.

— Pronto Simon, você acaba de ganhar um aluno, ajude-o e será muito útil na obra!

— Vou ajudá-lo e passarei pra ele o que aprendi.

— Bem, vamos voltar.

Na mesma hora voltamos pra mesa e Jesus estava olhando pra nós com um sorriso imenso, e o senhor Simon também.

— Meus amigos, bom estar aqui com vocês, mas tenho que ir.

— Senhor, ainda temos muito pra conversar.

— Eu sei Simon, mas é só me buscar em oração que estarei ao seu lado pra conversarmos.

— Está bem, Senhor.

— Senhor, mas como vamos encontrar a máquina?

— Simples Jorge, vocês não precisarão procurar, logo irão ficar bem perto dela.

— E se Lúcifer nos encontrar e quiser nos matar?

— Só confie em mim, estarei ajudando vocês em tudo, agora fiquem com a minha paz e sempre estude as minhas Escrituras, pois lá você encontrará a vida eterna.

Aos poucos a sala perdeu o brilho e sarça voltou a ficar sem fogo e não vimos mais Jesus, ele havia desaparecido, foi muito rápido, quando estávamos com ele podíamos sentir uma calma e uma paz maravilhosa e agora podíamos sentir um pouco de frio e o vento voltava entrar na sala.

— Vamos, Jorge?

— Pra onde, senhor Simon?

— Vamos descer e ir ao Grande Templo, e é lá que está a nossa passagem de volta.

— Mas e os soldados lá fora?

— Talvez tenham ido embora, e vamos devagar e nos escondendo e assim chegaremos lá.

— Mas estamos bem longe! Como vai ser?

— Vamos confiar em Jesus, ele disse que estará conosco.

— Então vamos.

Começamos a sair da sala e subimos a escada, o senhor Simon ia com a tocha na frente, me pareceu ter ouvido cantando bem baixinho, mas não perguntei nada para ele não parar, pois havíamos tido uma experiência fantástica, conhecer Jesus pessoalmente foi incrível, ao sairmos da caverna, olhamos e estava escurecendo, a hora havia passado muito rápido dentro daquela sala, não conseguíamos ver nenhum soldado, nem anjo voando.

— É Jorge, acho que eles foram embora, agora é só descer e ir até o templo.

— Ainda bem que agora é só descida.

Capítulo 14

Encontrando a máquina

Assim começamos a descer e a cada bica tomávamos um pouco de água, o senhor Simon tirou uma pequena garrafa de sua bolsa e encheu de água, pois teríamos que andar um bom caminho até o templo, da montanha podíamos vê-lo de longe, assim ao chegarmos ao pé da montanha, olhamos bem ao redor e não havia ninguém por perto, a lua já despontava no céu, pelo jeito teríamos uma lua cheia, e isso seria bom, pois daria pra ver o caminho.

— Senhor Simon, Jesus já está nos abençoando, não tem nenhum soldado e hoje é lua cheia, vai dar pra ver bem o caminho.

— Eu acho que você falou cedo demais Jorge.

— Por que senhor Simon?

Nesta hora alguns homens pularam na nossa frente, e jogaram uma rede sobre nós, eram os soldados de Lúcifer e cada um tinha uma lança, estavam com roupas de couro e no braço como se fosse uma pulseira, onde havia a face de Lúcifer estampada, eles nos amarraram e nos colocaram em um carro, onde já havia algumas pessoas amarradas, os soldados não falaram nada e nos levaram.

— Falei que era cedo pra falar, Jorge.

— Mas o senhor viu que bênção?

— Bênção, Jorge?

— É sim! Não vamos precisar andar pra chegar ao grande templo.

— Isso é verdade.

As pessoas que estavam dentro da carroça, também estavam amarradas e um deles olhou para nós e disse:

— Como são os seus nomes?

— Eu me chamo Simon e o garoto é o Jorge.

— O meu é Iron, vocês conseguiram ver a Grande Sabedoria?

— Não só vimos como conversamos com a Grande Sabedoria.

— Poxa, eu também queria conhecê-lo, sei que está proibido, esses soldados nos capturaram quando tentávamos fazer uma troca de alimentos, esse aqui é o Tain, era com quem estava fazendo a troca de alimento. Mas me diga a Grande Sabedoria falou sobre a adoração ao Lúcifer?

— Sim, ele nos disse que o povo não deve adorá-lo, pois Lúcifer não é deus.

— Falar é fácil, mas se não adorarmos seremos mortos.

— Mas é melhor morrer e ter certeza de uma vida eterna e feliz do que adorá-lo e irmos para a perdição.

— Isso tudo são palavras Simon, mas até hoje nunca vi a Grande Sabedoria fazer alguma coisa.

— Entendo, mas a Grande Sabedoria, nos dá a liberdade de escolhermos o caminho.

— Eu e o Tain, vamos ser levados para o Lúcifer e como fizemos uma troca de alimentos sem permissão dele, então ele nos colocará pra fazer duas escolhas, adoramos a ele ou viramos comida para o xenton, então estes são os dois caminhos, Lúcifer prometeu que as comunidades que o adorarem, terão suas vidas normais e sem problemas, e acredito que será a melhor escolha.

— Mas essas comunidades estão perdidas, quando morrerem não terão a vida eterna!

— Existirá uma vida eterna? Só sei, que amanhã todos devem chegar até o grande templo e adorar o príncipe Lúcifer, e vai mostrar pra todos que é um deus! Agora vocês estão na mesma situação que nós, se não adorar Lúcifer vocês virarão comida do xenton.

— Calem a boca!

Um dos soldados, veio e bateu na cabeça do Iron com um pedaço de madeira, ele quase desmaiou com a pancada e o soldado tentou acertar o senhor Simon, mas acabou batendo na madeira da carroceria, foi por pouco. Então ficamos bem quietos e a carroça era levada por xilotos, algumas vezes os soldados paravam pelo caminho e mais prisioneiros eram trazidos, alguns porque estavam tentando chegar ao grande mar, pois acreditavam que poderiam escapar dos soldados, acredito que naquela noite ele devia ter colocado todos os soldados em busca dos fugitivos, e dificilmente alguém escaparia. Quando estávamos chegando ao grande templo, pude ver mais carroças sendo levadas por outros soldados e todas cheias de pessoas, e assim que chegamos ao grande templo, fomos levados para dentro do templo e colocados sentados ao chão, muitas pessoas estavam chorando e outros atentos ao que aconteceria e de repente os grandes juízes se aproximarem da sala, e um dos juízes perguntou:

— Onde estão aqueles que fazem pegadas estranhas?

Então, um dos soldados nos apontou e nos pegou pelo braço e nos levou até o juiz, ele então nos olhou e fez sinal para o soldado, apontando pra uma sala onde havia uma porta com grade, e assim nos levou até a sala, desamarrou nossas mãos e pediu para que esperássemos o príncipe Lúcifer, a sala era grande, pela porta podíamos ver as pessoas esperando pra serem julgadas por Lúcifer, no fundo da sala havia outra porta com grade também, então me aproximei e vi que saia na arena onde o temido xenton ficava, mas não consegui vê-lo.

— É Jorge, chegamos.

— Onde será que está a máquina?

— Ainda não sei Jorge, tente olhar pela porta do fundo e veja se você consegue ver alguma coisa.

— Olhei, mas daqui só dá pra ver a arena do xenton, e está escuro.

— Lúcifer deve ter colocado em alguma sala, mas vai ser difícil sair daqui tudo é feito de pedra e as portas de ferro.

— Nem tente abrir a do fundo, pois vai nos levar pra boca do xenton.

Mas não adiantou falar o senhor Simon foi até a porta do fundo, e tentava forçar a porta pra abrir, de repente ele se afastou da porta com os olhos arregalados, e me aproximei e vi que o xenton, estava bem ali a nossa frente, o que nos separava era a porta, podíamos ver os seus olhos e a boca enorme com grandes dentes, nos encarava e dava pra sentir a sua respiração forte, até que deu um urro forte e naquela sala foi como se estourasse uma bomba e deixasse nossos ouvidos surdos. Então, o senhor Simon, veio em minha direção.

— Jorge, é melhor não tentarmos abrir aquela porta.

— Agora é que o senhor fala isso?

Ao olhar pela porta da frente, vi as pessoas começando a entrar em pânico devido ao som do xenton, então o príncipe Lúcifer se sentou no seu trono e todos ficaram em silencio.

— Bem seus infiéis! Eu poderia jogá-los ao Xenton ou exterminá-los com minhas próprias mãos, pois vocês violaram as minhas leis, mas para que vocês saibam que sou um deus de bom coração, vou dar-lhes mais uma oportunidade, ou seja, vocês serão colocados do lado de fora do templo, mas não poderão sair pelos portões, e aquele que tentar sair será eliminado, e amanhã aqueles que me adorarem como deus terá a liberdade, mas aqueles que me rejeitarem serão mortos da pior maneira possível, então vão para fora e aguardem o momento para a minha adoração.

Então todos se levantaram e saíram correndo para o lado de fora do templo e a grande porta de madeira se fechou, Lúcifer se virou e olhou para nós e um dos soldados abriu a porta e outros dois nos pegaram e levaram até a frente de Lúcifer.

—São vocês que fazem as pegadas estranhas? De onde vocês vieram?

O senhor Simon olhou para o Lúcifer e não teve medo e logo foi respondendo:

— Viemos da terra do sol forte, príncipe Lúcifer.

— Como vieram de lá?

— O senhor não diz que é um deus? Então porque me pergunta? Se já sabe a resposta?

— É claro que sei, aquela máquina é o veículo de vocês, e se estão aqui é porque querem me enfrentar?

— E porque faríamos isso?

— A terra de vocês está sendo habitada por grandes animais que lá coloquei e de raiva vieram com aquela máquina para me atacar, só que vocês perderam a máquina, e por isso foram até a Grande Sabedoria, para tentar achar um jeito de me matar?

— Não tem nada a ver, viemos aqui pra conhecer esta terra, e ver como estavam habitando.

— Vieram pra espionar e achar um jeito de fazer negócios, mas o comercio aqui é todo meu e ninguém faz nenhum comércio sem minha autorização, e vou mandar alguns juízes irem à terra do sol forte e encontrar o povo que ainda resta por lá, para acabar com eles, seus idiotas.

Então, ele fez um sinal para os juízes e dois deles saíram voando pela abertura que havia no teto, acredito que foram para a terra do sol forte em busca de algum sobrevivente, já que ele achava que éramos desta terra.

— Agora me diga que símbolo é este que encontrei dentro da máquina?

Ele levantou a bengala do senhor Simon que havia a cabeça de um leão na ponta.

— É a sua bengala, senhor Simon?

— Sim Jorge, eu deixei dentro da máquina, pois percebi que aqui nesta terra eu não precisava dela, minha perna estava como nova!

— Parem de falar baixo e me expliquem o que é isso? Que espécie de animal é este?

— Bem príncipe, este é um animal encontrado em nossa terra e tem o símbolo de força e poder.

— Eu conheço todos os animais deste planeta, e nenhum se parece com este, e eu sou a força e o poder deste lugar.

Então ele quebrou a bengala do senhor Simon com apenas uma mão e esmiuçou a cabeça de leão que havia na ponta.

— Quero ver se há alguém capaz de me derrotar.

— Que calçado é este que você está usando?

Ele olhou para o meu tênis, e ficou apontando.

— É um tênis!

— E o que é um tênis, é feito de que material?

— Ele é feito de couro e tecido.

— Tire do seu pé e me dê.

Então tirei o tênis e um dos soldados pegou da minha mão e levou até o Lúcifer, ele pegou olhou por todos os lados e ainda cheirou por dentro.

— Isto não é couro, seu idiota.

— Eu sabia que me enganaram, paguei caro achando que era de couro, então este tênis é pirata.

— Quem te vendeu? Quem é este pirata? Vou acabar com ele, pois só eu posso vender produtos aqui! E você por um acaso colocou algum bicho morto dentro deste calçado?

— Não, é que com o uso aparece o chulé.

— Vocês falam uma língua que não conheço! Já sei a grande sabedoria é que mandou vocês fazerem isto, para me enganar, não é? Querem tirar minha atenção, para que não encontremos este povo da terra do sol forte, e com essa distração, pensam que vão impedir a minha adoração no dia de amanhã.

Ele jogou o tênis na minha direção que foi parar no fundo da sala, um dos soldados correu até o fundo da sala pegou e me trouxe o tênis.

— Vocês acham que conseguem me enganar?

— Não príncipe.

— Espera um pouco, estou reconhecendo vocês, estiveram aqui com o Harmes para negociar os dinks! Então, Harmes está nessa também?

— Não príncipe, Harmes não sabe de nada, ele apenas nos encontrou e nos ajudou. – Tentou se explicar o senhor Simon.

— Não adianta, sabia que aquele Harmes estava escondendo alguma coisa, os prendam de novo, e tragam o Harmes aqui.

Voltamos para a nossa cela, e um dos juízes saiu e foi em busca do Harmes, e Lúcifer ficou sentado no seu trono bufando.

— Jorge, coitado do Harmes.

— O que vamos fazer, senhor Simon?

— Não sei, vamos ter que esperar.

O senhor Simon se sentou no canto da sala e pôs as mãos na cabeça, e percebi que ele estava orando por Harmes, e no fundo da sala podia ouvir a respiração do xenton, que situação terrível, e ainda mais pensar no que poderia acontecer com o Harmes, que não tinha nada a ver com a gente. Passou alguns minutos e logo pude ver Harmes sendo carregado por um dos juízes e foi colocado na frente de Lúcifer, e logo os outros dois juízes chegaram e ficaram nos seus lugares, Harmes estava tenso.

— Pensei que você era meu amigo, Harmes, mas percebi que estava tramando contra mim.

— Príncipe, deve estar havendo algum mal-entendido.

— Como você explica ter escondido dois estrangeiros em sua comunidade, sem me avisar, e ainda trouxe aqui, sei que tentam planejar algo com aquela máquina, que ainda vou descobrir pra que serve.

— Não, eles apenas eram viajantes da terra do sol forte e vieram conhecer nossas terras.

— Acha que me engana, Harmes? Vou colocar você junto com eles naquela sala, e vou deixar vocês pensarem um pouco, e amanhã quando todos vierem me adorar, subirei aos céus como um deus e quando voltar e vou soltá-los para o xenton para servir de exemplo para os outros, a não ser que me contem a verdade sobre o que pretendiam fazer.

Soldado coloque-o na sala e fique de guarda até amanhã, qualquer coisa abra as portas do fundo da sala e deixe que o xenton acabe com eles.

— Sim senhor! Vou ficar de guarda!

O soldado levou Harmes e o jogou na nossa sala, e Lúcifer saiu voando pela abertura de cima da sala e os outros anjos o acompanharam, ficamos sem palavras, por nossa causa Harmes estava lá.

— Harmes, nos perdoe não queria que isso acontecesse.

— Não se preocupe Simon, bom que ainda estão vivos, fiquei preocupado com vocês, pois os soldados estavam por todos os lados capturando todos que encontravam fora da comunidade, então imaginei que seriam pegos e preparei tudo.

— Preparou tudo o quê?

— A nossa fuga, amanhã toda a nossa comunidade irá para a caverna onde meu pai escondeu o seu povo dos grandes animais, eles vão ficar por lá até voltarmos, pois fiz uma reunião com todos e decidimos que não iremos adorar a Lúcifer e se tivermos que morrer, será com honra, então preparei o carro com os xilotos e o Clin vai trazê-lo amanhã cedo atrás do templo, pois os soldados vão estar preocupados com a entrada do templo, já que muita gente vai vir pra cá amanhã adorar o Lúcifer, e assim podemos pegar a sua máquina e fugirmos daqui.

— Harmes, entendi o seu plano, mas tem um problema, como vamos sair dessa sala e onde está a máquina?

— Quando o juiz me trazia eu vi a máquina do outro lado da arena, e está numa sala aberta e só consegui ver porque havia tocha acesa naquela sala.

— Ela está do outro lado, mas como vamos chegar lá?

— Você ouviu o que Lúcifer disse? Que qualquer coisa era para o soldado abrir a porta do fundo e nos soltar pro xenton.

— Você quer sair assim?

— Sim Jorge, o xenton a noite ele enxerga muito bem e consegue caçar qualquer um, mas durante o dia ele tem dificuldade de enxergar por causa da luz, e se ficarmos nos movimentando ele não conseguirá nos pegar, então teremos que esperar até de manhã quando Lúcifer fara sua aparição pra todos, assim teremos mais chance de escapar.

— Senhor Simon, o senhor ouviu a ideia do Harmes? Ele tá ficando maluco? Quer que enfrentemos o xenton.

— É Jorge, acho que é a única saída.

— Dois malucos, não quero virar hambúrguer de xenton.

— O que é Hambúrguer?

— É comida Harmes, o Jorge está nervoso.

— Depois de entrarmos na arena, como vamos sair dela?

— Tem uma escada que sobe da arena, mas há um portão fechado com tranca, e acredito que consigo dar conta daquele portão, dá pra arrebentar a tranca.

— Meu Deus! Estou até vendo a cena, a gente correndo até esta escada e o Harmes na frente tentando abrir o portão, então o xenton vem e engoli os três de uma vez só.

— Jorge, tente pensar positivo, a Grande Sabedoria não disse que conseguiríamos voltar!

— O problema é a fé, senhor Simon.

— Vamos descansar que amanhã vamos correr bastante. – Falou Harmes limpando o chão.

Harmes se deitou no chão da sala e o senhor Simon também, eu coloquei um pedaço de pano que havia no canto da sala e me deitei também, mas ficava imaginando como seria a nossa fuga com o xenton, e não conseguia dormir só escutando a respiração do xenton entrando pela porta, parece que ele sabia que amanhã ia ter três lanches para saborear.

—Acorde, Jorge.

— Oi, Harmes.

— Se levante, vamos tentar fugir daqui.

— Você ainda está com aquela ideia maluca de sair correndo para o xenton?

— Sim, temos a oportunidade agora, os soldados já foram para frente do templo, só tem três soldados aqui, eu vou fazer com que nos coloque pro xenton.

— Senhor Simon, vai fazer o que ele está planejando?

— Vamos Jorge, nós iremos fazer o seguinte quando a porta se abrir vamos correr juntos, e depois vou para um lado e você para o outro e quando o xenton correr em sua direção vou gritar e chamarei a atenção dele, e assim ele virá na minha direção, então você grita e corre pro outro lado e ele ficará perdido pra quem pegar primeiro, nisto o Harmes vai correr e arrebentar o portão e depois a gente corre e vai até o portão.

— Parece fácil, só que vocês esquecem que este lagarto é gigante e tem perna comprida e se não der tempo?

— Vai dar sim, Jorge.

O Harmes foi até a porta e chamou pelo soldado e quando ele veio o Harmes agarrou-o pelo pescoço e disse para abrir a porta ou ele matava o soldado, um dos soldados puxou uma alavanca e a porta de trás se abriu e no mesmo instante a parede começou a se mexer, nos empurrando para a porta, ou você saia pela porta ou era esmagado pela parede, então o Harmes soltou o pescoço do homem e correu para a porta.

— Vamos lá, chegou a hora.

Então saímos correndo e quando entramos na arena o xenton estava bebendo água num tanque, quando ele nos viu veio correndo em nossa direção, o senhor Simon parou e mexia os braços para que ele o visse, então Harmes conseguiu chegar até o portão e tentava arrebentá-lo, então vi o senhor Simon correndo.

— Jorge, me ajuda!

— Ei lagarto fedido! Venha me pegar. – Gritei gesticulando os braços e pulando.

Ele parou e veio em minha direção dando grandes urros, então comecei a correr e o chão tremia e quando ele estava bem próximo de mim, o senhor Simon começou a gritar e mexer os braços, era até engraçado ver aquele velho mexendo todo o corpo para atrair a atenção do xenton, ele parou de correr atrás de mim e foi na direção do senhor Simon, então pude ver o Harmes quebrar o portão.

— Pessoal, podem vir eu consegui.

Então corri na direção do Harmes, mas não ia dar tempo para o senhor Simon, então eu comecei a mexer os braços e chamar o xenton pro meu lado, ele veio em minha direção, percebi que não tinha mais como fugir dele, pois parei próximo ao tanque de água, dei a volta por trás do tanque e graças a Deus ele não me alcançava, com isso corri pelo outro lado e ele veio atrás, o Harmes e o senhor Simon ficavam gritando pra eu correr em ziguezague, fui correndo como me falaram e teve uma hora que senti os dentes do xenton batendo atrás de mim, de repente ele tentou me pegar e acabou escorregando, isso me deu mais vantagem e corri até alcançar a saída e quando cheguei, o Harmes colocou o portão no lugar.

— Jorge, você é um bom corredor.

— Também com um monstro atrás de mim.

— Ainda bem que você conseguiu.

— Vamos subir pela arquibancada e tentar passar por trás dos portões de entrada, e chegaremos à sala onde está a máquina.

Quando começamos a subir os soldados haviam percebido que tínhamos escapado do xenton, vieram atrás de nós, e correram por cima de onde estávamos e iriam nos encontrar de frente.

— E agora Harmes? Tem três soldados vindo em nossa direção o que vamos fazer?

— Deixa comigo Simon, fiquem atrás de mim e não se preocupem.

O Harmes retirou uma barra de ferro que segurava a grade da arquibancada e foi na direção dos soldados, o xenton nos acompanhava pela arena, quando os soldados vieram Harmes os atacou com a barra de ferro, conseguiu derrubar o primeiro, o segundo ele tirou a lança e segurou-o com o braço esquerdo e o terceiro com um golpe jogou ele pela arquibancada e foi parar na grade de proteção, e o xenton começou a morder a grade para tentar alcançar o soldado, e o Harmes jogou o outro também sobre a arquibancada, nunca tinha visto tanta força assim, os soldados ficaram desacordados e o xenton alvoroçado com tudo isso, então continuamos correndo e subimos até os portões, que haviam sido abertos pelos soldados e assim conseguimos chegar a um corredor, onde havia uma sala na qual entramos e vimos a máquina.

— Olha é um sonho ver esta máquina, senhor Simon, vamos entrar e ir embora?

— Calma, precisamos levar a máquina até onde ela estava, pois não sabemos onde vamos parar se voltarmos daqui, Jorge.

— O senhor quer dizer que precisamos estar no lugar aonde chegamos?

— Sim, pois sei que ali se voltarmos, estaremos na minha sala em casa.

— Entendi! Podemos parar na casa de qualquer outra pessoa?

— Podemos parar até em outro país, Jorge.

— Misericórdia!

— Não sei do que vocês estão falando, mas não temos muito tempo, vamos levar a máquina pelo corredor, e no final tem uma porta de saída, e vamos ter que arrombar a porta.

— Então vamos, Harmes.

— Eu já falei pro senhor colocar um motor nesta máquina, assim não precisamos empurrar!

— Ainda bem que coloquei rodas, Jorge.

Começamos empurrar a máquina pelo corredor, então começamos ouvir o som de cornetas, e tambores tocando.

— Estão ouvindo? É a chamada para que todos se aproximem do templo que o príncipe Lúcifer vai fazer seu pronunciamento, acredito que ele vai pedir a contagem dos povos, e quando descobrir que minha comunidade não está aí, ele vai mandar me buscar, e quando notar que não estamos mais lá, vai todo mundo vir atrás de nós, por isso precisamos ir rápido.

— Sim Harmes, será que o Clin estará do lado de fora?

— É Simon, que a Grande Sabedoria nos ajude.

— Sim, Harmes, Ele vai nos ajudar.

O corredor era enorme, e fomos levando a máquina até o final, quando vimos tinha um portão enorme de ferro, e o portão estava com um tipo de cadeado e não tinha como arrombar, não havia nenhuma ferramenta.

— E como vamos sair agora?

— Eu sei, Jorge.

— Teve alguma ideia, senhor Simon?

— Sim, me ajude com estes fios.

O senhor Simon começou a retirar alguns cabos da máquina e prendeu um cabo no portão, e o outro ele colocou no cadeado, e fixou numa placa que estava dentro da máquina.

— Agora fechem os olhos que vou ligar a chave.

Nesta hora houve um barulho como se estivesse soldando alguma coisa, e após abrir os olhos podíamos ver o cadeado derretido e a porta com um buraco, logo o Harmes sozinho conseguiu abrir.

— Como o senhor conseguiu?

— Eu apenas liguei a alta tensão que tenho na máquina no cadeado, e isto fechou um curto derretendo o cadeado.

— Ainda bem que funcionou, senhor Simon.

— Vamos gente, rápido o Clin já está vindo.

Empurramos a máquina para o lado de fora e vimos o Clin com o carro e os xilotos na frente, assim que o carro parou o Harmes já foi puxando algumas cordas e amarrando a máquina para ser puxada, e o Clin veio em minha direção e me abraçou!

— Que bom ver que você vive, meu amigo.

— Como é bom te ver também, Clin.

— Vamos logo antes, que venham nos pegar.

— Sim, Harmes.

— Clin, o pessoal foi para a caverna?

— Já estão todos lá, e levamos o que conseguimos carregar.

— Ótimo, então vamos.

O Harmes levou o carro pelo meio da floresta, para evitar que alguém nos visse, e fomos subindo rápido, às vezes o senhor Simon pedia para o Harmes ir mais devagar, ou poderia tombar a máquina, e assim fomos subindo até chegar ao vale onde havíamos chegado pela primeira vez, então vimos a caverna onde era pra estar a máquina e as pedras estavam removidas, devido os soldados terem descoberto a máquina, então paramos e desamarramos a máquina.

— Bem meu amigo Simon, acho que agora é a despedida de vez.

— Sim Harmes, muito obrigado e boa sorte com o seu povo.

— Harmes, alguém vem vindo lá.

— Onde, Clin?

— Lá na frente, Harmes.

— Será um dos soldados, Harmes?

— Não, ele está sem armas.

Podíamos ver de longe alguém se aproximando e ficamos atentos para ver se conseguíamos reconhecê-lo.

— Já sei quem é, Harmes.

— Você sabe, Simon?

— Sim é a Grande Sabedoria.

— É ele mesmo?

Então, todos nos ajoelhamos e ficamos esperando até que a Grande Sabedoria se aproximou.

— Meus amigos, que bom vê-los novamente, e que aventura em Jorge?

— É verdade Jesus.

— Jesus?

— Sim Harmes, é como eles me conhecem! Podem levantar que precisamos descer até a sua comunidade.

— O Senhor vai até onde está a nossa comunidade?

— Sim Harmes, os levarei para um novo lugar, onde não há mais guerra, onde não há mais morte e onde só há paz, como disse para o Jorge, chegou a hora de colher os frutos maduros.

— Ah Senhor, podemos ir embora também?

— Simon, espere mais um pouco, deixe a máquina aqui e vá até o outro lado e lá poderão ver o grande templo e verão o que vai acontecer com o Lúcifer, e quando sentirem tremer a terra, podem embarcar na sua máquina e voltar pra casa.

— Obrigado, Senhor.

— Fiquem na Paz, agora irei com Harmes e o Clin para a caverna, onde está a comunidade deles.

Todos nos abraçamos e Jesus subiu no carro com o Harmes e o Clin e foram embora.

— Vamos Jorge, até o outro lado para ver o que vai acontecer.

— Vamos.

Fomos até o outro lado e conseguíamos ver uma grande multidão e vimos o Lúcifer e os juízes ao seu lado, e de repente eles começaram a voar e foram subindo até o céu e desapareceram dos nossos olhos, e a multidão gritava com toda a sua voz dizendo: viva! Lúcifer! O grande deus, e assim ficaram alguns instantes e o tempo ia passando e a multidão continuava gritando.

— Está vendo Jorge, o Lúcifer subiu aos céus, e lá ele vai tentar ganhar a confiança dos anjos e todos serão eliminados do céu.

— Mas como se Jesus está com o Harmes?

— Jesus é onipresente, ele está com o Harmes e ao mesmo tempo está no céu, e é isso que Lúcifer não sabe.

— Olha o céu, senhor Simon.

O céu começou a escurecer e um grande barulho começou a ecoar, parecia um trovão, próximo ao grande templo abriu dois buracos que soltavam grandes fumaças negras e fogo.

— O que são aqueles buracos, senhor Simon?

— São os poços onde serão lançados os juízes e os anjos que caíram na conversa de Lúcifer.

Vi do céu como uma chuva de meteoritos e eram lançados dentro desse poço, e iluminava tudo que havia, os nossos olhos começavam até arder de tanta luz, e o povo no templo continuavam gritando grande deus Lúcifer, então apareceu no céu os quatros anjos Juízes, descendo como bolas de fogo e entraram no outro poço então, um anjo enorme com uma luz intensa, descia com duas peças que pareciam cadeados e colocou nos dois poços e fechou com duas chaves e voltou a subir ao céu, nesta hora o povo ficou em silêncio, acho que perceberam que algo estava errado, então alguns começaram a correr e sair do templo e outros continuaram esperando.

— Olha Jorge, aquele anjo que fechou os poços ele vai voltar e abrir o poço dos anjos juízes, como está escrito no livro do apocalipse capítulo nove.

— Poxa vida estes anjos vão voltar? Eu não acredito.

— É Jorge, tudo está escrito na Palavra.

— Que coisa.

Começou haver um barulho enorme no céu e novamente tudo ficou escuro e começou haver trovões e grandes raios, então uma bola enorme de fogo desceu do céu na direção do grande templo, e o estrondo foi enorme, parecia uma bomba atômica e acabou caindo sobre as pessoas e o fogo começou a consumir a todos e podíamos ouvir os gritos desesperado das pessoas era assustador, era o próprio Lúcifer que havia caído e ali criou uma cratera enorme e como um vulcão começou a jogar grandes pedras de fogo e uma passou perto de nós, então uma grande fumaça negra começou a subir e começou a enegrecer todo o céu e a terra começou a tremer e aos poucos podíamos ver montes desmoronando, e grandes fendas começaram a rasgar e podíamos ver fogo subindo.

— Vamos Jorge, embora daqui, pois tudo começou a tremer como Jesus disse.

— É verdade, não quero ver mais nada por aqui!

Corremos até a máquina, tudo estava tremendo e até pedras caiam do céu, entramos e fui sentando e colocando o cinto e logo o senhor Simon começou a ligar tudo, novamente ouvi o barulho da máquina e as luzes funcionando era uma alegria, ao olhar para o lado de fora vi como um tsunami se aproximando e as ondas eram gigantescas.

— Senhor Simon, veja as ondas, estão se aproximando.

— Nós vamos conseguir.

Tudo começou a ficar claro e as luzes se acenderam forte e o senhor Simon me passou os óculos escuros e tudo começou a tremer dentro da máquina e o barulho era muito forte e os ponteiros começaram a virar, um cheiro forte de queimado começou a subir, de repente tudo começou a parar e as luzes foram se apagando e quando tirei os óculos podia ver a parede da sala do senhor Simon, podia ver algumas ferramentas, que felicidade poder voltar.

Capítulo 15
De volta com coragem

— Chegamos, Jorge.

— Nem acredito que voltamos, quanto dias ficamos fora?

— Pelo meu relógio, aqui só se passaram cinco minutos, Jorge.

— Como assim? Ficamos dias lá na terra do Harmes, e aqui se passou só cinco minutos?

— É Jorge, não é incrível!

— Incrível mesmo, mas me deixa sair que preciso agora resolver algumas coisas pendentes.

— Jorge, muito obrigado por tudo, e se acaso você precisar de alguma coisa pra resolver o que Jesus te pediu é só me chamar, agora não comente com ninguém sobre a nossa viagem!

— É lógico que não vou contar pra ninguém, quem vai acreditar? Primeiro vou correr até a casa da Sandra.

— Antes de qualquer coisa Jorge, acho melhor você trocar de roupa, pois se você sair com esta roupa de couro, as pessoas vão pensar que você virou o Fred Flintstone.

— É verdade, vou me trocar, e o senhor não acha que estas roupas servirão de prova que viajamos no tempo?

— Sim Jorge, vou guardá-las e vou enviar um pedaço pra análise no laboratório de um amigo meu, e ver se consegue data-lo.

— Vou indo, senhor Simon, até mais.

— Até, Jorge.

Sai da casa do senhor Simon e a rua estava do mesmo jeito, olhando no relógio havia se passado dez minutos, isto era incrível, olhei para ver se ninguém estava me observando e fui em direção da casa da Sandra, que pena não poder contar pra ela essa minha aventura, pois ela não iria acreditar, o importante é fazer tudo o que Jesus me disse, pois preciso ajudar o pai da Sandra, quando cheguei a casa dela apertei o interfone, e dona Fernanda atendeu.

— Quem é?

— Sou eu, o Jorge!

— Oi Jorge, empurra o portão que já vou chamar a Sandra.

Entrei na casa da Sandra, e o pequeno vira-lata que ela tinha já veio latindo, ele era branco com umas manchas marrom.

— Fica quieto, Rambo.

— Quem ouve esse nome, acha que é um pitibul.

— Que nada é só barulhento, vamos entrar, Jorge.

— Não quero atrapalhar, Sandra.

— Jorge, você nunca atrapalha, eu estava apenas ajudando a minha mãe terminar algumas pinturas nos vasos.

— Ela ainda continua com artesanato?

— É o que tem nos sustentado, pois meu pai não pode trabalhar.

— É verdade.

Entrei e a casa estava cheio de vasos pintados por todos os lados, e a dona Fernanda estava numa mesa cheio de tinta e pincéis.

— Oi Jorge, tudo bem?

— Graças a Deus tudo bem, dona Fernanda.

— Você sabe que não precisa me chamar de dona Fernanda, é só Nandinha, pois você já é da casa Jorge, mas me diga seu pai já fez as pazes?

— Ainda não, estou na casa de minha tia.

— Manda um abração pra ela, fale que qualquer hora eu vou levar uns vasos pra ela comprar.

— Pode deixar que aviso.

Ela voltou a pintar, me sentei no sofá e a Sandra se sentou bem à minha frente.

— E aí Jorge, o que você conta de novo?

— Sabe Sandra, andei pensando um pouco e resolvi tomar uma decisão.

— Jorge, você parece que está com muita coragem, o que aconteceu? Que decisão é essa?

— Então, vim aqui primeiramente pra te pedir em namoro, você aceita namorar comigo?

A Sandra ficou pálida e de boca aberta, a dona Fernanda derrubou o vaso que estava pintando.

— Você está me pedindo em namoro?

— Sim, você aceita?

— Jorge, eu estou pasmada.

— E aí, o que você me diz?

— É claro que aceito, sempre gostei de você.

Ela então deu um salto em minha direção e me abraçou e me deu um beijo, que só foi interrompido com a mãe dela falando:

— Sandra, calma aí, você vai matar o Jorge sufocado.

— Dona Fernanda, desculpa, mas precisava saber dela primeiro, a senhora permite a gente namorar?

— Nandinha! Jorge, quero que me chame de Nandinha! E é claro que permito você é um bom rapaz, trabalhador e estudioso, assim pelo menos agora não vou ter que ficar ouvindo a reclamação da Sandra, dizendo: — Ele não me vê, ele não se toca, ele não enxerga.

— Pare mãe!

— Jorge, você é um genro que eu sempre quis ter.

— Nandinha, eu preciso falar com seu Anselmo.

— Jorge, o Anselmo ele está internado, e ele não vai ser contra o namoro, pode ficar despreocupado, ele gosta muito de você.

— Eu sei dona Fernan..., desculpa! Nandinha, mas preciso falar com ele pessoalmente, a gente poderia ir hoje lá?

A Sandra sentou ao meu lado e ficou segurando a minha mão, e não parava de me olhar.

— Se você quer tanto falar com ele, podemos ir sim, mas pode ser que ele esteja meio dopado com os medicamentos que ele está tomando.

— Também não quero atrapalhar o serviço da senhora.

— A senhora é sua avó, pode me chamar de você, já que vai ser meu genro.

— Desculpa de novo.

— Eu vou trocar de roupa e a gente já vai, me dá licença Jorge, e juízo vocês dois, hein.

— Pode deixar mãe, mas me diga o que aconteceu Jorge? Que coragem é essa? Veio me pedir em namoro, e ainda quer pedir permissão pro meu pai?

— Eu passei um apuro esses dias que agora estou bem corajoso.

— É seu chato, e porque demorou tanto?

— É que eu pensei que você queria ser só minha amiga.

— Seu tonto, eu aqui sofrendo esperando você me convidar pra sair e nada, sempre pensando na Helen. Você ainda gosta dela?

— Claro que não, gosto mesmo é de você.

— Não quero que você converse mais com ela, Jorge.

— E já vai começar com ciúme? Não faz nem dois minutos que estamos namorando e já está brigando comigo?

— Desculpa meu amor, mas é apenas cuidado que devo ter e amanhã a gente vai pra escola de mãos dadas, certo?

— Sim, você agora é minha namorada.

— Jorge, eu estou muito feliz! Que bom te namorar, quero um beijo.

— Mas e sua mãe?

— Ela não vai querer um beijo seu, tonto.

— Estou falando no caso dela pegar a gente se beijando.

— Somos namorados, namorados se beijam, Jorge.

— Tudo bem.

Os nossos lábios se tocaram, e era tão bom sentir a Sandra daquele jeito, parecia que estávamos voando, quanto tempo perdi, como fui besta todo esse tempo, nesta hora a Nandinha entrou tossindo alto, acho que era pra gente se tocar, que ela estava chegando.

— Vamos que o carro está lá fora.

— Mãe! Posso ir com o Jorge no banco de trás?

— Por um acaso sou motorista de taxi?

— Mas mãe nós somos namorados.

— De jeito nenhum, você vai comigo na frente.

— Que custa mãe?

— Pra quem esperou até agora, não custa nada ficar mais um tempo, longe dele, e cuidado vocês dois, não quero ver ninguém aprontando, ou seja, fazendo vocês sabem o que, não é?

— Nós vamos andar certinho, Nandinha.

— Estou confiando em vocês.

Entramos no carro e fomos à clínica onde o Anselmo, o pai da Sandra estava internado, a Sandra foi sentada na frente, mas virada para trás e segurando a minha mão, e às vezes a Nandinha brigava com ela, pois atrapalhava ela de trocar as marchas.

— Sandra! Senta direito aí, você está me atrapalhando desse jeito.

— Eu falei que queria sentar lá atrás.

— Está vendo Jorge, essa menina agora vai ficar na sua cola todo o dia.

— Eu gosto, Nandinha.

— Daqui a pouco você vai dizer que não suporta mais.

— Pare mãe, assim o Jorge vai ficar assustado.

— É verdade, logo o Jorge vai começar a fugir de você.

Assim foram elas discutindo até chegar à clínica, eu ficava pensando no assunto que Jesus me pediu pra falar com o pai dela, chegamos e tinha um grande muro, era fechada por um grande portão verde, a Nandinha foi até o interfone e se apresentou, assim entramos, dentro era grande e havia um gramado e algumas pessoas passeando pelo jardim, deixamos o carro e entramos num salão e haviam algumas pessoas sentadas em mesas conversando, e vimos o seu Anselmo sentado sozinho e olhando para uma janela.

— Olha o Anselmo, vamos lá gente?

— Sim Nandinha, vamos.

— Jorge, ele pode estar com efeito do medicamento, talvez ele não entenda muita coisa.

— Eu sei, mas vamos lá.

— Oi Anselmo, tudo bem?

— Oi querida, vocês hoje aqui?

— Eu vim trazer a Sandra e o Jorge pra conversar com você.

— Ah querida, você não devia trazê-los aqui, é muito chato me verem assim.

— Mas é importante, Anselmo, vou deixar o Jorge falar.

— Oi seu Anselmo, tudo bem?

— Mais ou menos Jorge, aqui não é fácil ficar.

— Oi Pai, o senhor tomou algum medicamento hoje?

— Hoje ainda não, o médico só vem à tarde, então até agora estou sem nenhum medicamento.

— Que bom, assim será melhor.

— Mas, pode falar.

— Olha seu Anselmo, nós viemos aqui porque eu quero pedir a sua permissão para namorar a Sandra.

— Oh! Jorge! Que situação você ter que vir até esta clínica pra pedir a minha filha em namoro, que vergonha, gostaria de estar bem neste momento.

Nesta hora o senhor Anselmo começou a chorar, e isto me doeu o coração, a Nandinha também começou a chorar e o abraçou.

— Calma, Anselmo, eu já autorizei, só falta você agora.

— Jorge, eu sempre te admirei, pois você é um jovem esforçado e trabalhador, minha filha escolheu o melhor, é claro que autorizo, pelo menos agora ela não vai ficar chorando pelos cantos.

— Pare pai.

— Que pena eu estar aqui, se não poderíamos marcar uma festa, para comemorarmos.

— Eu sei senhor Anselmo, mas não é só isso que tenho pra falar.

— Não? E o que mais Jorge?

Então a Sandra e a Nandinha ficaram perplexas, então puxei a cadeira e fiquei olhando nos olhos do senhor Anselmo.

— Senhor Anselmo, o senhor acredita em Deus?

— Jorge, você agora vai me evangelizar? Nem faça isso, não acredito em igreja mais.

— Não vim te evangelizar e nem falar de igreja, eu só queria saber se o senhor acredita em Jesus.

— Sim Jorge, eu acredito, e aonde você quer chegar?

— O senhor acredita que Jesus pode falar conosco?

— Falar como? Na bíblia?

— Não, pessoalmente.

— Meio difícil de acreditar, Jorge.

— Eu vou te contar algo, mas gostaria que o senhor acreditasse em mim.

— Pode falar Jorge, vou tentar acreditar.

— Então senhor Anselmo, tive um encontro com Jesus e falando com ele pedi que ajudasse o senhor se livrar da bebida.

— Entendi Jorge, você estava orando por mim?

— Mais ou menos, então Jesus me mandou dizer algumas coisas pro senhor fazer.

— Sei Jorge, é pra orar mais e ler a bíblia?

— Isso é bom, mas não foi o que ele falou.

— E o que foi que ele me pediu pra fazer?

— Ele disse pro senhor ir à delegacia e contar tudo, e que o senhor não precisa se preocupar que a sua família estará guardada por Ele, e o Valdemar da rua do limão pode ser a sua testemunha.

— O que é isso Jorge? Uma brincadeira? Como você sabe? Quem te contou?

— Eu não sei de nada, senhor Anselmo, só estou dizendo o que Jesus falou.

— E quem é este Valdemar? Você é maluco?

Ele ficou irritado e começou a bater na mesa gritando, me chamando de louco, então alguns enfermeiros vieram correndo e o seguraram, retirando-o dali e o levaram para dentro, a Nandinha estava parada sem saber o que falar e a Sandra chorando muito.

— Jorge o que foi isso? Porque não nos contou antes?

— E eu fiquei espantada com tudo.

— Eu sei parece loucura, mas é verdade, ouvi Jesus falar comigo e me pediu pra falar com o seu pai, Sandra, e se tivesse falado com vocês antes não teriam me trazido aqui.

— Vamos dizer que acredito em você Jorge, e o que o Anselmo tem pra falar na delegacia?

— Eu não sei Nandinha, Jesus disse que pra ele se curar é só falar a verdade.

— Mas o que será?

— Mãe, o Jorge deixou o pai muito irritado, se fosse coisa da cabeça do Jorge o pai iria rir e dizer que não existia nada disso, mas o estranho que ele perguntou pro Jorge como ele sabia do assunto, então o Jorge falou realmente a verdade e acredito nele, agora precisamos saber do pai a verdade.

— Eu sei filha, é isto que estou assustada, o que será que seu pai aprontou, e essa é a causa dele beber?

— Vamos falar com ele?

— Não vamos deixar pra amanhã, deixa-o refletir no que o Jorge falou.

— Me desculpa Nandinha, não queria que isso acontecesse.

— Amanhã virei aqui e vou falar com o Anselmo, e vamos ver se tudo isso se resolve, mas agora é melhor irmos embora.

Entramos no carro, a Nandinha e a Sandra ficaram em silêncio, nem segurar na minha mão a Sandra quis, acho que elas ficaram pensando no assunto e tentando saber o que o senhor Anselmo teria feito. Assim que chegamos, tentei me despedir e ir embora, mas a Sandra me segurou.

— Jorge, vamos entrar que precisamos conversar.

— Está bem, Sandra.

Entramos e a Nandinha foi para o quarto dela e fiquei na sala e a Sandra se sentou à minha frente, eu sabia que ela iria querer saber como foi que descobri sobre o assunto do pai dela.

— Então, Jorge me conte tudo.

— Como assim, Sandra?

— Jorge, como você falou com Jesus?

— Sandra, se eu contar você não vai acreditar.

— Estou tentando entender como você deixou meu pai irritado.

— Sei que parece impossível, mas a verdade é que realmente falei com Jesus e fiz o que ele me mandou fazer.

— Eu já sei, mas onde você falou com Ele?

— Não há como te passar os detalhes, mas foi numa montanha que encontrei com ele.

— Você agora é de orar no monte?

— Vamos dizer que sim!

— E você o viu pessoalmente?

— Sim tive a oportunidade de vê-lo pessoalmente, e é bem diferente daquilo que a gente imagina.

— Me diz, quero todos os detalhes.

— Não poderei te contar todos os detalhes, mas em breve te conto tudo.

— Jorge, você vai ficar fazendo segredo, pra sua namorada?

— Preciso terminar algumas coisas que Ele me pediu e assim que terminar conto tudo.

— Está bem, vou esperar, mas me diga quem é este Valdemar?

— Não sei também, só sei que seu pai vai precisar dele.

— Espero que minha mãe consiga convencê-lo, e realmente consiga parar de beber.

— Tenho que ir Sandra, e preciso falar com meus tios.

— Ainda é cedo, a gente precisa namorar ainda.

— Eu sei, mas minha tia deve estar preocupada comigo, e preciso saber se meu pai vai me aceitar de volta.

— Antes de você ir vou preparar alguma coisa pra gente comer.

— Não precisa.

— Claro que precisa, não sei cozinhar tão bem, mas acho que dá pra engolir.

Então a Sandra foi e começou a preparar algo pra comermos e logo sua mãe veio ajudá-la, e as duas fizeram o almoço, então Nandinha me chamou pra sentar à mesa e ali almoçamos e conversamos, mas ninguém falava sobre o Anselmo.

— Jorge, eu não sabia que você era tão religioso assim, a ponto de ver Jesus.

— E não sou Nandinha, mas Jesus fala com qualquer um que queira ouvi-lo.

— Ainda estou assustada com o que aconteceu.

— Tenho certeza Nandinha, que tudo vai se resolver no final, e o seu Anselmo vai ficar bom.

— Olha Jorge, se o Anselmo ficar bom, eu vou à sua igreja fazer uma visita.

— Obrigado, dona Nandinha, mas hoje ainda estou sem igreja, devido à conversa que tive com o velho do chapéu.

— É verdade, mas na igreja que você for vou também.

— Está certo! Mas tenho que ir embora, minha tia deve estar me esperando.

— Ah! Meu amor é bom ter você aqui, vai mais tarde.

— Não posso Sandra, daqui a pouco ela vai me procurar, obrigado pelo almoço estava uma delícia, já sei que se me casar com a Sandra vou passar bem.

— Seu bobo, só está falando pra me agradar.

— É verdade! Mas deixa ir, até mais Nandinha.

— Vai com Deus Jorge, e manda um abraço pra sua tia.

Sai do lado de fora da casa e a Sandra veio me acompanhando, e quando chegamos próximo do portão, ela me abraçou e me deu um beijo.

— Jorge, eu gosto muito de você.

— Eu também Sandra, é diferente ter você assim como minha namorada, estou muito feliz.

— Quando a gente se vê de novo?

— Hoje à noite pode ser?

— Onde você vai estar na sua casa ou da sua tia?

— Não sei ainda, meu tio ia conversar com meu pai, qualquer coisa eu te ligo.

— Vou esperar você me ligar, e não esqueça que amanhã a gente vai pra escola de mãos dadas.

— Só quero ver a cara do Nando.

— Verdade, ele vai ficar de boca aberta.

Beijei a Sandra e vou falar a verdade, é uma coisa fantástica, o meu corpo parecia que ia pegar fogo, e não dava vontade de ir embora, até que de repente senti alguém me puxar pelo braço.

— Larga a minha irmã seu tarado.

— Calma Sandrão, eu apenas estava beijando a minha namorada.

— Namorada? A mamãe sabe disso Sandra?

— Claro que ela sabe, e o papai também autorizou.

— Credo, você vai namorar este magrelo?

— Eu amo, ele.

— Que pena, só espero que vocês quando casarem não tenham filhos.

— Por quê?

— Se nascer parecido com vocês, vai dar dó da criança.

— Seu bobo, vai lá limpar seu quarto atordoado, não liga pra ele Jorge.

— Ele está brincando Sandra, nem se preocupe, depois a gente conversa mais.

— Ligue pra mim.

—Pode deixar, Até mais Sandra, meu Amor.

Ela ficou no portão até que eu virei à esquina, como era bom estar namorando, agora tudo era diferente, ela além de ser minha amiga agora é minha namorada, então fui seguindo pra casa de minha tia, e passei próximo a casa de meu pai, percebi que não tinha ninguém, então passei direto e cheguei logo na casa da minha tia, o meu tio estava sentado no banco de carro na frente da oficina lendo um jornal.

— E aí Ruela por onde andou? Sua tia estava preocupada.

— Estava na casa da Sandra.

— Sua tia tinha feito almoço e estava te esperando.

— Coitada da tia.

— E por falar em coitado, você sabe que hoje falei com o seu pai?

— A tia me falou, e conseguiu convencê-lo?

— O seu pai é um cabeça dura, enquanto o pastor Nilson continuar enchendo a cabeça dele, não vai ser fácil.

— Então, ainda vou ficar por aqui?

— É Ruela, seu pai acha o Nilson um santão, e o que ele fala é Deus falando.

— Eu sei como é isso.

— Por enquanto você fica por aqui, até eu enjoar.

— O senhor nunca vai enjoar de mim tio, sou um cara legal.

— Não abusa moleque, se não te coloco amarrado na porta da casa do seu pai.

— Querido o Jorge, já chegou?

— Estou aqui, tia!

— Garanto que vai te chamar pra comer.

— Jorge venha comer alguma coisa, já que não almoçou.

— Não falei? Ela quer te ver obeso.

— Preciso conversar com vocês, tio.

— Não vá dizer que engravidou alguém.

— Claro que não tio.

— Ufa! Você me assustou agora, vamos entrar daí você fala.

— O senhor tem cada ideia.

Entramos na casa e minha tia já havia preparado um lanche pra mim, e o pão estava tão recheado que parecia que ia explodir.

— Meu querido, pode se sentar e comer, você ficou o tempo todo fora e não almoçou, não é?

— Almocei na casa da Sandra, e a dona Fernanda mandou um abraço pra senhora e diz que vai trazer uns vasos pra senhora ver.

— Que bom, pelo menos o meu menino não ficou com fome.

— Querida, o Jorge está querendo falar com a gente, mas pode ficar tranquila que ele não engravidou ninguém ainda.

— Ai Fred, larga de besteira, o Jorge é um menino responsável.

— Sei, mas os jovens de hoje em dia não perdem tempo, querida.

— Não liga pro seu tio, Jorge.

— Vou guardar o seu lanche na geladeira, depois eu esquento pra você filho.

— Obrigado tia, mas eu gostaria de conversar com a senhora e o tio.

— Está bem vamos pra sala.

Sentei no sofá e meu tio ficava se abanando com o jornal e minha tia se sentou ao seu lado.

— Pode falar, Ruela.

— Eu hoje tenho duas novidades, a primeira é que pedi a Sandra em namoro.

— Não te falei, já está preparando o ambiente.

— Fica quieto, Fred.

— Então, eu pedi pra mãe dela e o pai dela me autorizarem a namorar e eles deixaram.

— A Sandra é uma boa menina, gostei muito dela meus parabéns, que pena você não poder contar isso pro seus pais.

— Eu sei tia, mas fico feliz em saber que vocês são os primeiros.

— É aquela menina que esteve aqui ontem?

— Sim, tio.

— E garoto esperto, puxou o tio, namorando meninas bonitas.

— Fred, eu não fui sua única namorada?

— Sim querida, e você é muito bonita, estava te elogiando.

— Frederico, Frederico...

— Deixa o menino terminar, querida.

— Fale filho, desculpa, o seu tio me tira do sério.

— Então, essa foi a primeira novidade, e a segunda é meio complicada.

— Como complicada?

— Sabe tia eu tive um encontro com Jesus.

— Que maravilha filho, isto é uma bênção todos precisamos ter um encontro com Jesus.

— Sim, mas é que Ele falou comigo e me pediu pra fazer algumas coisas.

— Agora deu, vai montar uma igreja pra você agora? E como vai se chamar? Igreja do Filho Pródigo?

— Não, tio é sério.

— Então, fale o que Ele falou, eu acredito em você, Jorge.

— Obrigado, tia.

— Ele perguntou o que eu queria, então falei que queria que o pai da Sandra fosse curado, e ele me pediu pra dar um recado para o pai dela.

— Que recado é esse?

— Que ele deveria ir à delegacia e contasse tudo e não se preocupasse que Jesus iria guardar a família dele.

— E você contou isso para o pai dela?

— Sim falei pra ele, tio!

— Pronto acabou o namoro.

— Pare Fred, deixa-o terminar! E aí o que ele falou?

— O homem ficou bravo e queria saber como eu sabia do assunto, e os enfermeiros o levaram pra dentro da clínica.

— Então, ele tem alguma coisa? Meu Deus!

— É sério isto, Jorge?

— Sim tio é verdade, amanhã a dona Fernanda vai até lá e vai convencê-lo a ir à delegacia.

— A Sandra e a Fernanda acreditaram em você?

— Acredito que sim, tia!

— Que coisa Jorge, Fiquei de queixo caído.

— Mas Jesus falou mais alguma coisa?

— Pedi pra Ele também dar um filho pra vocês.

Meu tio ficou em silencio e ficou olhando pra minha tia e ela baixou a cabeça e não falou nada.

— E o que Jesus disse, Jorge?

— Ele me pediu pra que orasse pela tia, e se ela acreditar terá um filho.

— Jorge, se isso for uma brincadeira, é melhor parar por aqui!

— Tio, é verdade, o senhor tem que acreditar em mim.

— Jorge, porque Jesus falaria com você?

— Ele disse que está pronto pra falar com quem queira ouvir.

— Isso é demais! Como vamos acreditar na sua história? Jesus parou você na rua pra falar isso?

— Não tio, eu fui ao encontro dele.

— Aonde foi na igreja? No seu quarto?

— Foi num monte.

— Agora você virou crente de oração? Da noite para o dia? Não consigo acreditar, acho que você sonhou, a sua tia sempre teve esperança de ter um filho, alguns já vieram com a mesma história de que Jesus havia falado e até agora nada. Até um quarto tive que preparar pra chegada do suposto filho que Deus mandaria, Jorge, você sabe que te amamos, até como um filho, e agora vem com uma conversa dessa?

— Tio é verdade, pode acreditar.

— Jorge, é impossível acreditar.

A minha tia se levantou com os olhos cheios de lágrimas e me olhando disse:

— Eu acredito Jorge, e sei que você não faria isso para me magoar.

— Querida, é complicado acreditar na história dele.

— Tudo é questão de fé, Fred.

Então ela se ajoelhou pegou a minha mão e colocou na sua cabeça e meu tio se ajoelhou junto dela.

— Jorge, faça como Jesus te falou e vou acreditar.

— Me desculpa Jorge, eu sou homem e sou muito incrédulo, mas se Jesus falou contigo pode orar que vamos juntos acreditar nas suas palavras.

— Obrigado, tio!

— Pode orar, filho!

Fiquei trêmulo, e muito nervoso parecia que meu coração ia saltar pela boca, as minhas mãos ficaram tremendo, mas tomei fôlego e comecei a orar.

— Jesus, estou aqui na casa dos meus tios como o Senhor me pediu, e estou colocando as mãos sobre a minha tia, o Senhor sabe o desejo dela, eu te peço dá a ela um filho, para que venha ser a alegria deste lar e que possa crescer junto deles, meu Jesus ajuda a acreditarmos na sua Palavra e em seu nome que te peço e agradeço, Amém.

— Amém Jorge, muito obrigado.

— Só isso? Essa oração curtinha?

— Pare Fred, o Jorge está fazendo com fé.

— Tudo bem.

— Não sei como te agradecer, Jorge.

— Que isso tia, apenas estou obedecendo o que Jesus me mandou fazer.

— Jesus te falou mais alguma coisa?

— Sim tio, ele me disse que como não pedi nada pra mim, ele iria me abençoar e que meus pais iriam me aceitar de volta.

— Espero que não demore muito.

— Pare Fred, deste jeito parece que você quer que ele vá embora logo.

— E aonde vamos colocar o bebê? Se ele continuar usando o quarto?

— E deste homem que gosto, um homem de fé, então o Jorge pode dormir na sala.

— Imagine que vou dividir a minha televisão com o Ruela.

Meu tio veio e me abraçou mexendo nos meus cabelos e despenteando tudo.

— Jorge, você é bem-vindo aqui, e pode ficar aqui o quanto você precisar.

— Obrigado tio, posso ligar pra Sandra? Pois vamos nos ver hoje.

— Começou abusar.

— Fred, deixa o menino, pode ligar, e o seu tio vai adiantar uma parte do seu salário, assim da comprar alguma coisa pra sua namorada.

— Além de usar o telefone, ainda vou ter que pagar adiantado?

— Fred! Por favor.

— Está bem, mas juízo em menino.

— Pode deixar, tio.

Os dois saíram da sala e foram para a cozinha, como é difícil as pessoas acreditarem naquilo que não veem, mas graças a Deus eles acreditaram, ou a situação ficaria bem complicada, então liguei pra Sandra, pra avisá-la que estava na casa da minha tia.

— Alô! Quem fala?

— Oi aqui é o Jorge, quem está falando?

— Fala cunhado magrelo.

— Oi Sandro, a Sandra está aí?

— Está sim, mas já vou avisando que não é pra ficar namorando no telefone, pois usamos o telefone, ouviu pau de virá tripa?

— Sim, é rapidinho.

— Assim espero, Ô Sandra? A lagartixa do teu namorado está querendo falar com você.

— Pare de implicar com o meu namorado, Sandro.

— Oi Jorge, o Sandro é tonto, me desculpe.

— Não se preocupe, estou ligando pra te convidar pra ir ao cinema comigo.

— Meu amor, espera que vou perguntar pra minha mãe.

— Tudo bem, eu espero.

— Jorge, ela deixou, só que com uma condição.

— E qual é?

— Eu tenho que estar em casa até às dez da noite.

— Sem problema, eu passo umas sete horas pode ser?

— Claro, vou estar te esperando!

— Tchau! Até mais.

— Um beijão meu amor.

Fui tomar um banho, pois fazia tempo que não via um chuveiro, lá no Harmes era só a piscina de água quente, e hoje tenho que levar a minha namorada ao cinema, Já a levei algumas vezes, mas antes como amigos, agora estamos indo como namorados, recebi o dinheiro do meu tio e fui pra casa dela, olhei de longe a minha casa, e vi que estava acesa a luz, acredito que minha mãe devia estar fazendo a janta pro meu pai, sinto muito a falta deles, mas não posso ir lá, vou esperar até Jesus resolver tudo pra mim. Quando cheguei ao portão o cachorro começou a latir, e logo senti o perfume da Sandra e ela abriu o portão, como estava linda, com uma blusa vermelha e calça jeans.

— Sandra, você está linda.

— Obrigada meu amor, você também está muito bonito.

—Jorge, seus pais resolveram a situação?

— Que nada, meu tio conversou com meu pai e ele ainda não me aceita de volta.

— Mas seu pai é chato, hein.

— Olha que ele vai ser seu sogro.

— E vai deixar de ser chato?

— É acho, que não.

— Vamos assistir que filme?

— Não sei, lá a gente resolve.

— Está bem, me fale Jorge você tem falado com o velho do chapéu?

— Agora ele é um grande amigo, conversei muito com ele, e o homem é muito sábio.

— Vocês agora são amigos? Agora que nunca mais teu pai te chama de volta.

— Um dia meu pai vai entender.

— Espero que sim.

— O senhor Simon me mostrou muita coisa que eu não sabia, me esclareceu sobre a igreja, sobre a bíblia e muita coisa sobre o passado e de pessoas que viveram antes de Adão.

— Verdade? Eu também quero conhecê-lo! Pois se é amigo do meu namorado, também tem que ser meu amigo.

— Você vai gostar dele, ele é um homem fantástico.

Entramos no cinema e ela escolheu um filme romântico, quem podia imaginar? Comprei um saco de pipoca e assistimos o filme e ficamos de mãos dadas, e não me largou por nada, como se tivesse medo deu fugir dela. Ao sairmos do cinema, fomos comprar sorvete, a Sandra estava sorrindo à toa, como era bom estar com ela.

— Sorvete, Jorge?

— Sim estava te devendo lembra? Do trabalho que você fez pra mim da escola?

— Eu brinquei, não era pra você gastar.

— Não posso pagar um sorvete para o meu amor?

— Você me deixa envergonhada.

Enquanto eu falava, percebi que a Helen estava saindo do cinema também, e a Sandra já ficou séria e não falou mais nada, só senti apertar mais forte a minha mão.

— Olha quem está ali, Jorge? A Helen.

— Eu vi Sandra, mas não se preocupe que só tenho olhos pra você agora!

— Jorge, olha quem está com ela.

— O Nando?

— Ele a trouxe no cinema, não acredito.

Então o Nando a deixou na fila do churros e veio em nossa direção.

— Oi gente, tudo bem? Vieram pegar um cineminha?

— Oi Nando, você veio com a Helen no cinema?

— Você não vai ficar magoado comigo, não é, Jorge?

— Não claro que não, eu e a Sandra estamos namorando.

— Meus parabéns Sandra, sabia que rolava uma química entre vocês dois, então fico mais tranquilo, sei que não vai ficar bravo comigo, em saber que dei pra ela aquele poema, não é?

— Que poema Nando?

— Aquele que fiz! Pra você dar pra ela.

— Mas você deu pra mim o poema e eu joguei fora.

— Sim, só que eu tinha outra cópia, e dei pra ela falando que você ia dar, mas te impedi, pois não queria que você a magoasse, quando ela leu, ficou muito brava e eu convidei a pra sair, e ela aceitou, acredita?

— Nando, você mentiu pra ela, isso não pode.

— Eu sei, mas agora ela não vai te perturbar mais, pois ela está brava e assim vocês podem namorar sem problemas.

— Acho que você não devia ter feito isso.

— Jorge, tá na cara que ele gosta dela.

— Gosto sim, e fiz de tudo pra ficar com ela.

— Está bem, boa sorte com a Helen.

— Obrigadão Jorge, você é um amigão.

A Helen percebeu que o Nando conversava com a gente, e gritou da fila dos churros:

— Palito! Venha aqui pagar os churros, e pare de conversar com esses dois.

— Tenho que ir, amanhã a gente conversa mais, falou gente.

Ele saiu correndo e foi em direção da Helen e pagou os churros e saiu de braço dado com ela e foram embora.

— Jorge, o Nando era apaixonado por ela e você não sabia?

— Não, ele nunca me falou nada.

— Coitado, ela vai judiar dele, ela é muito metida.

— Olha como as coisas acontecem, agora percebo quanto tempo perdi com ela, e acabei descobrindo que estava apaixonado por uma mais linda e maravilhosa, que é você, Sandra.

— Obrigada, mas não quero você falando com ela, deixa o Nando que se vire.

— Sem problemas, Sandra, você sabe que te amo.

— Verdade? Ama mesmo?

— A cada minuto que estou com você, sinto cada vez mais aumentar o meu amor.

— Eu também te amo.

E ali nos beijamos e sem que percebêssemos as pessoas que estavam na fila pra assistir a sessão das dez, começaram a aplaudir e ouvi alguém dizendo, que o filme romântico era bom mesmo, e quem estava na fila do outro filme pulava a cerquinha e entrava na fila do romântico, então saímos rindo e fomos pra casa, deixei-a em casa no horário e fui para casa de minha tia, mas quando virei à esquina encontrei com minha mãe, que estava me esperando, ela me deu um forte abraço e chorou.

— Meu filho, que saudades.

— Também estava mãe, você estava me esperando aqui?

— Sim eu sabia que você estava na casa da Sandra, a sua tia Fábia me contou.

— Eu queria que você voltasse pra casa.

— E o pai vai deixar?

— Não filho, ele ainda está muito bravo, e o pastor Nilson está fazendo uma campanha de oração por você, para que se arrependa dos seus pecados.

— O pai vai ficar bravo com a senhora por ter me encontrado.

— Ele está na igreja com o pastor Nilson, resolvendo os problemas da parte elétrica.

— Mãe a senhora sabe que não fiz nada de errado, e o pai devia parar de ficar ouvindo o pastor, e me deixar voltar pra casa.

— Filho, você precisa ir à igreja e pedir perdão.

— Pedir perdão do que mãe?

— Filho, você está sendo herege falando com o Simon.

— Mãe, não adianta discutir, eu sei que Jesus vai mudar esta situação.

— Meu filho eu te amo tanto, se você for na igreja e conversa com o pastor, poderá voltar.

— Mãe, logo eu volto.

— Você vai na igreja?

— Depois a gente resolve, mas tenho que ir mãe, se o pai pegar a senhora falando comigo, ele vai ficar muito bravo.

— Os seus tios estão cuidando bem de você?

— Como se fosse o filho deles.

— Está bem filho, vá e pense no que te falei.

— Vou pensar.

— Sim filho, pense com carinho, vai com Deus.

— Amém.

Percebi que minha mãe voltou chorando para casa, e confesso que também chorei, pois é difícil quando as pessoas levam a religião ao fanatismo, e acabam sofrendo e deixando os outros sofrerem, bem diferente do que aprendi com Jesus. Fui até a casa de meus tios, e eles ainda estavam acordados me esperando.

— Jorge, você deixou a moça no horário?

— Sim, tio!

— Porque se você perder a confiança dos pais, você perde a menina.

— Eu só demorei pra chegar, porque encontrei a minha mãe no caminho.

— A Fábia ligou pra ela, não é?

— Sim, e conversei com minha mãe, mas ela quer que eu vá pedir perdão na igreja, pra poder voltar.

— E você vai fazer?

— E vou pedir perdão do que, tio?

— Pedir perdão por eles serem ignorantes e não entenderem nada da bíblia.

— Seria engraçado, mas eles iriam me apedrejar.

— Verdade, melhor você dar boa noite pra sua tia e ir dormir, que amanhã cedo tenho um carro pra limpar o carburador.

— Eu vi o carro parado na oficina e de quem é?

— Do Arnaldo o diretor da sua escola.

— Então é bom o senhor caprichar, ele sabe que sou seu sobrinho?

— Ele vai ficar tão feliz com o carro que vai te colocar como o melhor aluno da escola.

— Assim espero, tio!

Fui falar com minha tia e ela já estava esquentando o lanche pra mim, e na mesa tinha um copo de suco.

— Jorge, coma o seu lanche, e me fale como foi o cinema.

— Foi bom tia, a Sandra é muito especial.

— Está apaixonado, hein?

—Estou sim, tia.

— Encontrou com sua mãe?

— Encontrei, ela está muito triste.

— Seu pai é uma besta, ele ainda vai se arrepender de ter feito isso.

— Vamos esperar tia, tudo tem seu tempo.

— Se você quiser mais um lanche é só me falar que faço outro.

— Obrigado tia, está ótimo, é que estou cheio, pois comi pipoca e tomei sorvete no cinema.

— Por falar em cinema, Ô Fred, quanto tempo faz que a gente não vai ao cinema?

— Ah querida, uma semana?

— Uma semana? Já fez um ano.

— Tem certeza? Pra mim foi semana passada.

— Assistimos um filme romântico, tia, e a senhora devia assistir.

— Vamos assistir nesta quarta-feira, Fred?

— Está bem, se eu não tiver nenhum compromisso.

— Quem ouve acha que é um homem de agenda cheia.

— Está bem nós vamos, e para de inventar coisa em, Jorge.

— Está bem, tio.

Minha tia ficou feliz, acho que ela fazia tempo que não saia com meu tio, ela sorriu para mim como um sinal de vitória, e recebi um forte abraço.

— Estou muito feliz pelo que fez por mim, filho.

— Tia, confie em Deus que ele vai dar o que a senhora deseja.

— Eu sei, estou crendo, fazia tempo que a minha fé estava fraca, e hoje você me fortaleceu.

— A senhora merece tudo de bom, tia! Boa noite, e durma com Deus.

— Boa noite, pra você também.

Fui dormir, e minha cabeça estava a mil por hora, pensava na viagem, no Harmes, no que passamos, a minha namorada, o pai da Sandra, a minha tia, minha mãe, o meu dia parecia ter sido de setenta e duas horas, estava muito cansado e nem vi a hora que dormi.

Capítulo 16

Verdades aparecendo

Acordei e o quarto estava totalmente escuro, a minha tia normalmente deixa uma pequena luz no corredor aceso, para não tropeçarmos nos móveis, quando vamos ao banheiro, mas não estava ligada, acho que ela havia se esquecido de acender, e estava um silencio total, meu tio normalmente ronca sem parar, tudo estava realmente escuro não dava pra enxergar nada, fui até a sala, passei pelo quarto dos meus tios e a porta estava fechada, olhei pela janela não havia luz na rua, então pensei que devia ter acabado a energia da cidade, olhei para o céu e tudo estava escuro, não dava pra ver a lua ou estrela, provavelmente um temporal estava se aproximando e isso devia ser a causa do blecaute, percebi que o portão estava aberto, meu tio esqueceu de fechar, então abri a porta e fui até o portão trancá-lo com cadeado, pois alguém pode entrar e roubar alguma coisa da oficina, ao me aproximar do portão escutei um barulho estranho na rua, parecia um vento forte, na hora senti um arrepio de medo, e resolvi dar uma olhada na rua pra ver o que estava acontecendo, foi então que vi uma nuvem negra tomando conta da rua e se aproximava muito rápido, parecia como um furacão pensei em voltar pra dentro, mas quando olhei para o portão, tudo estava tomado por esta nuvem negra, e olhando mais de perto, essa nuvem negra tinha o formato de pessoas e os olhos eram amarelados, isso estava me causando muito medo, pareciam demônios, e todos eles me cercaram, já não conseguia me mexer, minha perna parecia travada, foi quando apareceu uma nuvem negra maior, que foi se aproximando e os demônios abriram espaço para chegasse mais perto, assim quando chegou bem próximo de mim, vi os olhos da nuvem que me olhou nos olhos, eu conhecia aquele olhar, era o próprio Lúcifer, nunca iria me esquecer daquele olhar frio.

— Pensou que poderia fugir de mim, garoto?

— O que você está fazendo aqui?

— O mundo é meu, seu moleque.

— Eu não tenho nada com você.

— Você acha que podia ter ido até o meu mundo, há milhões de anos atrás e voltar achando que tudo está certo?

— A culpa é toda sua, achando que poderia ser deus! Deus mesmo te derrubou seu calça-curta.

— Quem você pensa que é? Hoje vou acabar com você e aquele velho Simon.

— Minha vida agora é de Jesus, a Grande Sabedoria, e vou continuar fazendo a vontade dele, e você não pode nada.

— Ainda é arrogante? Vou te destruir aqui mesmo, e você acha que Jesus vai te salvar?

— Jesus, me ajuda! Esse calça-curta quer acabar comigo, socorro!

— Jorge, pode gritar Jesus nunca vai te ouvir.

Uma luz brilhou no céu, e quando essa luz me iluminou alguns demônios se afastaram, e Lúcifer continuava ali, e de repente a luz começou a ficar mais intensa, e os demônios começaram a voltar e corriam da luz e assim a claridade começava aumentar e Lúcifer começou a ficar irritado com os demônios.

— Voltem aqui seus covardes, vamos acabar com o Jorge.

— Jesus está comigo Lúcifer, você não tem chance.

— Um dia Jorge, você vai ficar sozinho, então eu vou te pegar, moleque.

A luz aumentou e o meu medo foi passando, Lúcifer saiu correndo e nem deixou rastro, todos desapareceram, então ouvi uma voz.

— Jorge, não se preocupe! O inimigo não tem poder sobre você, fique sempre comigo e sempre terá paz.

Era a voz da Grande Sabedoria, e novamente comecei a sentir aquele calor e alegria de novo, e uma paz invadiu o meu coração.

— Obrigado Jesus, muito obrigado, não sabia o que fazer, até pensei que iria morrer.

— Jorge, quem Crê em mim, ainda que esteja morto viverá! Eu sou contigo, continue fazendo a minha vontade e a verdade aparecerá.

— Obrigado! Eu te amo Jesus.

— Jorge, Jorge, acorde! Está tendo pesadelo?

Nesta hora eu acordei e vi minha tia assustada, me chacoalhando.

— Oi tia, graças a Deus acordei!

— Eu ouvi você do meu quarto, e você ficava falando que o calça-curta queria te destruir.

— Acho que tive um pesadelo.

— Eu tenho certeza, pois você estava suando e se mexendo na cama.

— É tia, sonhei que o Lúcifer queria me destruir, mas Jesus apareceu numa luz e fez com que ele fugisse e Jesus me disse que preciso fazer à vontade dele.

— É Jorge, o diabo fica furioso com quem anda com Jesus.

— Fiquei sabendo, O tio já levantou?

— Sim, acabou de levantar, vou fazer um café para nós.

— Eu vou levantar e ajudar o tio.

— Não vá trabalhar sem comer, se levante e vá pra mesa, só depois você vai trabalhar.

— Está bem tia, e hoje ainda tem aula.

— Então, por isso você deve se alimentar bem, ainda mais que a Sandra não vai querer casar com um rapaz magro.

— Calma tia! Hoje vai fazer apenas um dia de namoro.

— Eu sei, mas já estou pensando no seu casamento.

— Tia, ainda tem tempo.

— Mas o tempo voa, Jorge.

— E como voa, tia.

Meu tio já estava na oficina, podia escutar o barulho das ferramentas, e minha tia havia deixado a mesa pronta, com bastante frutas e doces.

— Venha comer, Jorge.

— O cheiro parece delicioso.

— Coma a vontade, deixe seu tio que espere.

— Acho que o pesadelo me deu fome.

Comecei a comer, e realmente estava uma delícia, e quando eu já estava terminando meu tio entrou e se sentou para comer.

— Sabia que a sua tia não ia deixar você sair daqui sem comer.

— O senhor sabe como ela é.

— Se eu fosse comer tudo o que ela me manda comer, já não poderia mais consertar veículos, a gordura não ia deixar eu me enfiar debaixo do carro, acabaria me enroscando. O telefone tocou e minha tia atendeu, era a dona Fernanda e conversou um bom tempo com minha tia, depois que terminou ela veio até a mesa.

— Jorge, a sua sogra me ligou e pediu para dizer que você precisa ir até a casa dela, pois ela conversou com o marido e ele disse que vai à delegacia, mas quer que você vá junto.

— Ele quer que eu vá junto?

— Sim, segundo ela o que você falou, é uma coisa importante que ele devia ter feito há muito tempo, e ele quer que você vá junto.

— Eu vou com ele querida, pois sou o responsável pelo Jorge, agora.

— Isso querido, delegacia não é lugar de um adolescente.

— Obrigado tio, mas vai atrapalhar o conserto que o senhor precisa fazer.

— Jorge, não se preocupe depois a gente conserta o carro.

— Tudo bem, então.

Assim que meu tio terminou o café fomos pra casa da Nandinha e quando chegamos a Sandra veio me atender no portão e o meu tio ficou no carro, ela me deu um beijo e entramos e a sua mãe estava sentada no sofá toda nervosa.

— Oi Jorge, hoje conversei com o Anselmo, e ele me disse que passou a noite pensando no assunto, e realmente algo falava com ele de que você estava certo, e que ele precisava revelar a verdade de algo que estava escondido faz muito tempo, e por causa disso ele começou a beber, para não revelar nada a ninguém, pois a sua consciência estava muito pesada, mas ele não quis revelar pra mim o que é, disse apenas que só saberei na frente do delegado.

— Olha Nandinha, eu também não sei, só sei que isso vai ajudá-lo.

— Será que o pai será preso, mãe?

— Não sei querida, já não bastava ter que ir na delegacia por causa de seu irmão, agora de novo por causa do seu pai, só Deus pra me dar força.

— E ele vai te ajudar Nandinha, vamos lá?

— Vocês podem ir direto pra delegacia que eu vou buscar o Anselmo na clínica, e depois a gente se encontra lá.

— A Sandra pode ir comigo, Nandinha?

— O seu tio está junto?

— Sim, ele está lá no carro, à gente vai e espera a senhora lá.

— Posso ir mãe?

— Pode, mas cuidado.

— Está bem, mãe pode deixar.

Assim fomos para a delegacia e lá ficamos esperando a mãe da Sandra, meu tio ficou dentro do carro escutando algumas músicas, eu e a Sandra sentamos num banco de cimento que ficava numa pequena praça em frente à delegacia.

— Jorge, será que meu pai será preso?

— Não sei Sandra, não sabemos nem o que ele fez ainda.

— Eu fico pensando, será que ele matou alguém?

— Sandra, fique calma e vamos esperar pra ver.

— É muito bom saber que você está junto comigo me ajudando.

— É o mínimo que posso fazer pela minha namorada.

— Você é lindo Jorge, eu amo você.

— O seu irmão não quis vir?

— Não, ele disse que não quer saber o que o pai aprontou, ele acha que você é maluco, mas não me importo eu acredito em você, Jorge.

— Obrigado, Sandra.

E assim nos beijamos e nos abraçamos, a Sandra estava bem nervosa com tudo aquilo e logo a Nandinha chegou e os dois desceram do carro e vieram em nossa direção.

— Jorge, me desculpe pôr ontem, pois foi tudo meio estranho, como você poderia saber de algo que estava escondido na minha mente, mas pensei bem e você tem razão devo mesmo resolver logo, e acredito que Deus guardará a minha família.

— Sim, seu Anselmo o próprio Jesus garante.

— Está certo, vamos entrar e resolver de uma vez por toda essa história.

Entramos na delegacia, e o delegado já estava nos esperando, a Nandinha já havia ligado pra ele e comentado todo o assunto, foi então que me lembrei do Valdemar e que ele também poderia ajudar no depoimento do seu Anselmo.

— Nandinha, precisamos passar na rua do limão e conversar com o Valdemar.

— Eu sei Jorge, já fiz isso, ontem passei nessa rua e consegui encontrar a casa dele e comentei tudo o que aconteceu, e o que você tinha falado pro Anselmo, então ele disse que essa história devia ser por causa de uma fita que tinha guardado e que ficou com medo de mostrar pra alguém, mas ele sabia que um dia ele teria que trazer na delegacia.

— E o que tem na fita?

— Ele não quis me falar, saiu de casa correndo e me disse que ia buscar a fita num lugar que ele havia escondido, e que viria agora de manhã na delegacia.

— Meu Deus, quanto mistério.

— Também acho seu Fred, e espero que tudo se esclareça hoje.

— O Jorge veio fazer um reboliço, ontem já foi difícil em casa, mas esperamos que tudo dê certo!

— Vai dar certo, tio. Tudo já está sendo guiado por Jesus.

Entramos numa sala indicada pela secretária, a sala era grande e tinha uma mesa com várias cadeiras, então nos sentamos e a Sandra se sentou ao meu lado, peguei e segurei a sua mão, ela então sorriu para mim, logo o delegado entrou era um homem magro estava de terno e usava um bigode enorme, que parecia uma bola de pelo debaixo do nariz, também entrou mais dois policiais com ele e se sentaram na ponta da mesa, meu tio teve que mudar de lugar, pois havia se sentado no lugar do delegado.

— Bem meu nome é Euclides, sou delegado dessa delegacia, e como à senhora Fernanda me contou o senhor Anselmo tem algo para me contar, então estamos aqui para ouvir, assim que o senhor estiver pronto pode falar senhor Anselmo.

— Bem delegado, eu sei que devia estar fazendo isso há muito tempo atrás, mas nunca tive coragem, só vim depois que o Jorge me pediu para fazer.

— Quem é Jorge?

— Sou eu, seu Delegado.

— Você sabe do assunto?

— Não, eu somente disse pra ele o que Jesus me pediu para falar.

— E quem é este Jesus? Ele também veio?

— Seu Delegado, Jesus é o nosso Deus.

— Ah, você está falando desse Jesus, me desculpe no meu trabalho eu só lido com o material a parte física, a parte espiritual é com a igreja, então vocês não vieram aqui pra fazer um culto? Vieram?

— Seu delegado, não tem nada a ver com culto, somente que este jovem, me fez cair no real e falar o que fiz há uns quatro anos atrás.

— Está bem seu Anselmo, pode falar.

— No dia vinte e três de abril há quatro anos atrás, eu estava vindo do meu trabalho, pois na época tinha uma carreta e trabalhava levando carga de ferro da nossa cidade para outros estados, e quando estava voltando peguei a estrada principal da nossa cidade e logo na curva da caveira, o senhor sabe onde ela fica? Não sabe?

— Sei sim é onde já ocorreram muitos acidentes, pois tem um grande precipício ali.

— Então, eu estava com minha carreta e já era noite e chovia muito forte, foi quando vi um carro parado na minha frente, e não tive tempo para me desviar bati na traseira dele e com a pancada ele foi jogado mais à frente, e acabou caindo no precipício, com medo segui em frente sem parar e fui para casa, naquela noite não dormi, e sabia que tinha feito algo totalmente errado, e quando foi de manhã saiu à notícia de que aquele carro havia se perdido na curva e capotado várias vezes e o homem que estava dentro morreu preso nas ferragens.

— Espera aí, você está me dizendo que bateu no carro e que não prestou socorro e nem se quer ligou pra emergência?

— Sim, seu delegado, fiz errado e agora estou aqui para pagar pelo meu crime.

— Roberto, faça uma pesquisa pra mim e veja o que aconteceu nesta data e quem foi a vítima e volte aqui.

Todos nós ficamos espantados, o seu Anselmo chorava como uma criança e acredito que o peso da culpa estava na sua consciência, a Nandinha o abraçou e o consolava, a Sandra apertava minha mão, e o meu tio somente olhava com a mão no queixo.

— Bem seu Anselmo, o Roberto vai puxar os dados do acidente, e vamos analisar o que realmente aconteceu, mas como o senhor veio confessar e já não está mais em flagrante, o senhor não ficará preso, mas terá que responder ao processo em liberdade.

— Sim delegado, estou aqui pra fazer o que for necessário.

Todos ficaram um pouco mais calmos, então o Roberto entrou com um monte de papelada na mão e entregou para o delegado.

— Me deixa analisar quem foi a vítima que morreu e vamos seguir os procedimentos necessários.

— Mas seu delegado ainda tem mais um fato.

— Como assim, mais um fato?

— Como eu disse pro senhor, acabei fugindo e achei que ninguém tinha visto, mas alguém estava no local e deve ter marcado minha placa, só sei que ele me descobriu e conseguiu meu telefone e me ligou.

— Alguém foi testemunha e te ligou? Quem era e o que queria?

— Ele não me disse o nome, somente me falou que tinha visto o acidente e sabia que eu tinha matado aquele homem, e que se não pagasse cinquenta mil reais, ele iria me denunciar e assim eu seria preso, e quando fosse preso, iria destruir a minha família, assim fiquei sem saber o que fazer, e só tinha uma semana pra dar o dinheiro.

— E você nem pensou em nos procurar? E como ele iria destruir sua família?

— Eu até pensei delegado, mas fiquei preocupado com minha família, vendi o meu caminhão a preço de banana, e levei o dinheiro numa bolsa e coloquei dentro de uma lixeira, como ele havia me informado e fui embora, depois de dois dias me ligou novamente e disse que tinha recebido o dinheiro e que logo, logo me ligaria de novo e pediria mais dinheiro.

— E ele voltou a ligar?

— Sim, depois de quinze dias, ligou de novo e me pediu mais cinquenta mil reais, mas como não tinha mais, ele disse que minha família iria sofrer.

— E o que o senhor fez?

— Não fiz nada, ele voltou a me ligar mais duas vezes e dizia a mesma coisa, e na última vez, eu disse que iria falar com a polícia, e nunca mais ligou.

— E como o senhor viveu todo esse tempo?

— Eu comecei entrar em depressão, sem saber o que fazer, não podia contar pra ninguém, minha família podia ser morta por este homem, e ainda não tinha a consciência em paz por ter matado alguém.

— Olha realmente o senhor entrou numa sinuca, se tivesse nos procurado tudo estaria resolvido e ainda podíamos pegar esse sem vergonha que ficou te chantageando.

— Eu sei, e agora delegado?

— Bem pelo relatório aqui o homem que morreu era Ramon Piherson Frank, ele é filho daquele senhor, que é um estudioso o doutor Simon, aqui no relatório fala que a morte foi por causa do acidente. Então como lhe falei, vamos ter que levantar todo o caso e reabrir o processo, assim vocês podem voltar pra casa e depois chamo o senhor Anselmo novamente.

Todos estavam chocados com aquilo que ouviram do senhor Anselmo, e ele havia matado o filho do senhor Simon, imagine como ele vai ficar a hora que souber disso? Então quando todos estavam se levantando, a secretária entrou pela porta.

— Seu delegado, tem um homem com o nome de Valdemar que está aqui e disse que quer lhe mostrar uma fita, ele disse que talvez tenha algum fato em relação a essa reunião.

— Vocês conhecem esse Valdemar?

— Nós não conhecemos, mas parece que ele tem alguma coisa, conversei com ele, ontem e disse que iria trazer a fita.

— E como ele sabe do assunto?

— Foi Jesus que mandou chamá-lo, pois parece que ele pode ser testemunha.

— Menino, você vem outra vez com a história de Jesus? E Jesus pediu pra você convencer o Anselmo confessar o crime e ainda mandou buscar uma testemunha?

— Sim, foi o que aconteceu.

— Cada coisa que me aparece, vai Suzana chama o homem.

O homem entrou, estava bem vestido e carregava uma fita de vídeo na mão, então o delegado pediu pra ele se sentar, e o meu tio o cumprimentou, pois já o conhecia.

— O senhor conhece o Valdemar?

— Sim, doutor meu nome é Fred, sou mecânico e sempre conserto o carro dele, ele trabalha com instalação de alarmes e câmeras.

— Certo, então Valdemar o que o senhor tem a ver com esse caso?

— Me desculpa o atraso, é que precisava buscar a fita e não sei se tem a ver com o caso deles! Mas faz tempo que queria mostrar a fita, estava com medo do que poderia acontecer.

— Nos conte sua história enquanto o Roberto vai buscar uma televisão com vídeo, para assistirmos a fita.

— É o seguinte delegado, eu trabalho com instalação de câmeras, como disse o Fred, e fui chamado pelo Ramon pra instalar uma câmera.

— Quem é este Ramon?

— É o Ramon Piherson Frank, o filho do velho do chapéu.

— Está bem, é a vítima do acidente, entendi, mas prossiga.

— Ele havia me pedido para colocar uma câmera escondida na tesouraria da igreja Caminho do Céu, pois ele queria uma prova de que o pastor estava roubando dinheiro dos fiéis, me parece que o pastor havia ameaçado ele, que se ele falasse alguma coisa iria falar que o pai dele era herege, e fazia falcatrua com o dinheiro da igreja, por isso me procurou para ter algo contra o pastor, e um dia de culto ele abriu a porta do fundo da tesouraria e entrei e instalei a câmera e como era por frequência, deixei o vídeo gravando no lado de fora escondido numa caixa, depois no outro dia eu iria pegar a fita e entregar pro Ramon, mas justamente no outro dia havia morrido num acidente.

— Certo, você gravou o pastor roubando o dinheiro da igreja?

— Fui assistir ao vídeo depois, e o que vi não foi o roubo de dinheiro, queria que vocês vissem a fita.

— Está bem! Roberto ponha a fita para assistirmos.

Começamos assistir, e vimos o pastor Nilson entrando na tesouraria com o Ramon e os dois começaram a discutir e era uma discussão muito feia, podíamos ouvir o pastor Nilson falando alguns palavrões, então Ramon, dizia que iria denunciá-lo, pois estava se aproveitando da fé do povo, fazendo contribuir para reformar a igreja e acabava utilizando o dinheiro para seu próprio proveito, o pastor Nilson então tentou chantagear o Ramon, dizendo que se ele falasse alguma coisa o pai dele iria sofrer as consequências, então Ramon resolveu sair pela porta do fundo para ir embora, o pastor Nilson puxou o que seria um pedaço de ferro e golpeou a cabeça do Ramon, que na hora desmaiou e caiu no chão e mesmo depois de caído ele ainda golpeou mais algumas vezes, todos na sala ficaram assustados, a Sandra e a Nandinha abaixaram a cabeça pra não ver mais, o pastor Nilson puxou o Ramon para o lado de fora e acabou.

— Senhor Valdemar, você escondeu um crime.

— Eu sei seu delegado, mas tinha medo, porque fiz uma filmagem clandestina.

— Bem, a imagem deixa bem claro que o Ramon, foi golpeado várias vezes na cabeça e isso pode tê-lo matado, agora como ele estaria na estrada onde o senhor Anselmo teria causado o acidente? Temos uma história que vai dar muito pano pra manga, vamos fazer o seguinte, vocês voltem pra casa que vou investigar tudo, acredito que o senhor Anselmo pode ter batido num carro onde havia um morto, mas precisamos investigar com cuidado e após a investigação, vou chamá-los para esclarecemos tudo.

Saímos da sala todos admirados, meu tio Fred saiu conversando com o Valdemar, a Nandinha abraçada com o seu Anselmo e eu com a Sandra e todos fomos para o lado de fora da delegacia.

— Jorge, meu pai agora deve estar um pouco mais aliviado.

— Só Jesus mesmo pra fazer esclarecer estes assuntos.

— Cada dia eu fico mais admirada com o meu namorado.

— E eu estou assustado.

— Olha Jorge, vou com meus pais embora, e passo na casa da sua tia no mesmo horário pra gente ir para a escola.

— Está bem Sandra, vou com meu tio e te espero para gente ir junto.

Assim nos despedimos com um beijo, ela entrou no carro e foi embora, meu tio ainda ficou conversando um tempo com o Valdemar, o delegado saiu e me viu do lado de fora e veio conversar comigo.

— E aí menino, você esclareceu muita coisa com esta história de falar com Jesus.

— Mas é verdade seu delegado, falei com ele e me pediu pra fazer isso que aconteceu hoje.

— Eu sei, vou te contar um segredo, mas não conta pra ninguém.

— Sim, pode falar.

— Eu acredito em você, só não posso falar para as pessoas que sou um servo de Jesus, pois aqui a gente lida com todo tipo de gente, e sempre surge alguém querendo tirar vantagem, dizendo que teve uma revelação ou é vidente, e acabam mostrando que realmente são grandes farsantes, e hoje vi que você realmente fez a vontade de Jesus, isto é muito bom fique firme com ele e não largue dele por nada.

— Sim, pode deixar, dele eu não largo nunca mais.

— Isto mesmo, mas tenho que ir conversar com um certo falso pastor.

— Eu sou muito amigo do senhor Simon e estou preocupado como ele vai reagir com tudo.

— Também estou, mas primeiro vou intimar o pastor para que venha esclarecer o assunto, após esclarecer todo o assunto iremos avisar o senhor Simon. Até mais, Jorge.

— Até mais, delegado!

— O que ele queria, Jorge?

— Oi tio, ele apenas veio falar sobre como tudo aconteceu, e disse que está indo na casa do pastor Nilson.

— Realmente, que história terrível, estou pensando no que vai ainda acontecer.

— Tio! Podemos passar na casa do senhor Simon, preciso falar com ele.

— Acho melhor você deixar o delegado resolver tudo primeiro, e depois você fala com ele!

— Mas ele é meu amigo, e precisava contar pra ele.

— Muita calma, às vezes precisamos ir devagar, você fez a sua parte, agora deixa tudo se resolver.

— Está bem! Vou esperar.

— Vamos embora que você ainda tem aula.

Fomos para casa e no caminho passamos em frente à casa do senhor Simon, mas pude ver que a casa estava toda fechada, ele provavelmente não estava lá, acredito que deve ter ido ao laboratório do amigo dele, para tentar provar que aquelas roupas são bem antigas, acho que ele só estará em casa à noite, assim posso vir falar com ele. Quando chegamos, meu tio contou pra minha tia tudo o que aconteceu e como as histórias se desenrolaram, minha tia ficou de boca aberta.

— Realmente todos vão acreditar que você falou com Jesus, Jorge.

— Ai tia, minha preocupação é com o senhor Simon, a hora que descobrir que o filho foi assassinado.

— É verdade, fico imaginando o peso que saiu das costas do seu Anselmo, todo este tempo guardando e sofrendo sozinho sem pedir ajuda.

— Acho que agora ele vai parar de beber, querida.

— Tomara Fred, a Fernanda já sofreu muito.

— Tio, como será que vai ficar a igreja?

— Não sei dizer Jorge, nem sabemos o que vai acontecer com o pastor Nilson.

— E o seu pai que acredita tanto no Nilson, vai ficar arrasado a hora que souber desse assunto.

— Que nada querida, ele vai dizer que tudo é coisa do diabo, que inventou a história só pra ver a igreja se acabar.

— Como Fred, se está tudo gravado?

— Ele ainda acredita que a televisão é do diabo.

— O senhor acha tio, que a televisão é do diabo?

— Meu filho, se ele pagou todas as prestações em dia, sim, agora se ele estiver devendo, ainda não.

— Que coisa tio, o senhor e as suas brincadeiras.

— Jorge, a televisão é uma ótima ferramenta se soubermos utilizá-la, como a internet, mas se utilizarmos de maneira errada, pode se tornar uma arma mortal para a nossa alma.

— Fred, agora você filosofou bem.

— Querida, você sabe que sou um homem culto, e de muita sabedoria.

— Pronto já estragou.

— Estou brincando querida, é que hoje o dia foi interessante.

— Realmente, se outra pessoa me contasse nunca ia acreditar.

— É tia, mas deixa me arrumar que vou pra escola.

— É verdade, pode ir filho que vou preparar o seu almoço.

— Querida, toda vez que você vê o Jorge, só pensa em fazer as coisas pra ele comer?

— Você viu como ele está magro? Precisa se alimentar direito.

— É direito e não direto, entendeu?

— Fred, me deixa ajudar o Jorge a engordar.

— Depois que ele virar uma baleia, não diga que não avisei?

— Está bem Fred, me deixa, vai consertar o carro que está na oficina.

Assim meu tio saiu e minha tia foi preparar o almoço, eles sempre acabam discutindo por minha causa, preciso voltar pra minha casa urgente, como meu tio disse, senão vou virar realmente uma baleia. Terminei de me arrumar e preparei minha mochila, minha tia me fez almoçar, e ainda levar um lanche na mochila, e ao sair fiquei esperando pela Sandra e não demorou muito ela apareceu.

— Vamos Jorge, como sempre estamos atrasados.

— Hoje foi você que demorou.

— Também depois de tudo, a minha casa virou de perna para o ar.

— E o seu pai como está?

— Você não vai acreditar, ele com minha mãe tiveram uma longa conversa, depois eles nos chamaram e meu pai pediu perdão pra todos nós, por ter sido egoísta e medroso, mas que a partir daquele dia ele seria um novo homem, minha mãe não sabia onde esconder o sorriso, meu irmão abraçou o meu pai e os dois choraram muito, acredito que meu irmão também vai melhorar.

— Fico feliz Sandra, que tudo se resolveu.

— Calma, ainda tem mais!

— Verdade?

— É tem sim, sabe o Valdemar? Ele passou em casa e pediu pro meu pai ir até a loja dele, que ele conhecia uma empresa que está precisando de um motorista de caminhão e meu pai foi e conseguiu o emprego, você acredita Jorge?

— Incrível, Só por Deus.

— Ele começa amanhã, e com o salário que ele vai ganhar ele acredita que vai conseguir pagar todas as dívidas em poucos meses.

— Que boa notícia, eu estou muito feliz.

— Finalmente vamos voltar a ter paz em casa, e tudo graças a você, Jorge.

— A mim não, graças a Jesus.

— Sim, mas foi você que pediu pra ele por mim.

— Eu tinha que pedir em favor da minha linda namorada.

— Jorge, nem sei como te agradecer, o meu irmão disse que quer falar com você.

— O Sandrão? Por quê?

— Eu acho que é pra te pedir desculpas e pra te agradecer.

— Não precisa.

Caminhamos apressadamente para a escola conversando e de mãos dadas, era a primeira vez que íamos à escola como namorados e não mais como amigos e quando chegamos a supervisora, dona Benê, estava indo fechar o portão e quando nos viu de mãos dadas, parou de repente e olhou para nós.

— Eu sabia que isso ia acontecer, os dois sempre juntos vindo pra escola e conversando, ia acabar em namoro, mas dentro da minha escola nada de beijo escandaloso, viu?

— Sim dona Benê, pode deixar.

— Isto é o que todos dizem, depois acabam indo pra trás da quadra e toca a gente ligar, pros pais virem buscar.

— Com a gente vai ser diferente, a senhora vai ver.

— Só acredito vendo.

Entramos na sala e todos ficaram cochichando sobre nós, então me sentei e logo bateu o sinal, o Nando entrou correndo atrasado e sentou atrás de mim, a Sandra foi para seu lugar.

— Jorge, a dona Benê quase que não me deixa entrar.

— Hoje você chegou atrasado.

— Eu tive que passar na casa da Helen, e ainda tive que carregar a bolsa dela até a escola.

— Nando, larga mão ser bobo dela.

— De jeito nenhum, ainda mais agora que a gente tá ficando.

O professor Ricardo entrou na sala e já começou dando bronca nos atrasados, e logo começou a devolver os trabalhos e dar as notas, e para minha surpresa eu e a Sandra fomos os únicos a tirar nota dez, nos trabalhos que ela fez sozinha.

— É Jorge, achei estranho você tirar a mesma nota que a Sandra, e fiquei sabendo que agora vocês estão namorando, e porque será que estou achando que foi ela quem fez este trabalho pra você?

— Professor eu posso explicar.

— Jorge, você não precisa se justificar, faça o seguinte vá à frente da sala e conte pra nós o que você aprendeu com este trabalho sobre o universo, e se você falar terá a sua nota, se você não quiser falar terá zero, o que você acha?

— As minhas opções são ótimas.

— Então, vá e fale sobre o seu trabalho.

— Posso fazer alguns comentários, que não estão no trabalho?

— Claro que pode, mas se você mudar de assunto vai tirar nota baixa.

— Está bem.

Fiquei na frente da classe, era terrível, ver todo mundo olhando e rindo, fiquei com as pernas tremendo, dei uma respirada forte e comecei a falar.

— Vamos começar falando sobre uma passagem que se encontra na bíblia.

— Jorge, eu disse pra você não fugir do assunto, coisa de bíblia é para pastor, aqui eu quero ciência, então se possível deixe de ser pastor Jorge, se transforme no aluno Jorge. Toda classe começou a rir, somente a Sandra estava me olhando com dó.

— Desculpe professor, mas a bíblia também é uma ciência, e duas ciências tem que se concordar, certo?

— Está bem Jorge continue, vamos ver onde você quer chegar.

— Em Genesis capítulo primeiro e versículo primeiro, diz que Deus criou os céus e a terra, e termina com um ponto final, então eu posso pensar que todo o universo foi feito por Deus, há bilhões de anos atrás e assim tudo que existe veio acontecer, o espaço, os planetas, as estrelas, as galáxias, tudo veio por alguém que é poderoso, e tudo foi feito em ordem, numa organização tremenda, podem ver que o nosso planeta não se choca com a lua e nem com o sol, porque estão alinhados e viram num tempo sincronizado, e com isso o nosso planeta terra passou a ter uma temperatura controlada, os movimentos fazem surgir às estações, e assim a vida é possível no planeta. E como Deus resolveu fazer o homem, o fez diferente dos animais, com uma capacidade mental maior e assim conseguiria cuidar do planeta e viver em harmonia com tudo, então provavelmente o homem surgiu mais ou menos uns seis milhões de anos atrás, e esse ser humano passou a fazer aquilo que Deus queria, e era um mundo maravilhoso, sem poluição, havia paz uns com os outros e o próprio Deus podia passear e andar com eles, mas nessa época eles o conheciam Deus como a Grande Sabedoria, como está escrito em provérbios capítulo oito, então Deus resolveu criar um líder para que pudesse manter a ordem e assim houvesse um contato maior dos seres humanos com o mundo espiritual, Deus criou um anjo querubim muito especial, no qual teria a função de ajudá-los, mas por ele se achar o melhor do que todos e por ser muito bonito, cresceu em seu coração ser maior do que Deus, assim o pecado cresceu em seu coração e começou a enganar o povo e criou o que hoje chamamos de comércio monopolizado, ele fez com que todos dependessem dele e se tornassem seus escravos, o mundo começou a mudar, vocês podem estar se perguntando, por que Deus faria existir este anjo, se o mundo sem ele vivia em harmonia, é que o homem precisa ter duas alternativas, ou seja precisa ter escolha, pois se ele vivesse só debaixo de Deus, como poderia dizer que o outro lado é ruim se não o conhecesse? E Deus não quer pessoas o servindo ou adorando por obrigação, Ele quer que os homens o sirvam com amor, por isso deu a eles o livre-arbítrio de escolha, então muitos homens dessa época começaram a servir este anjo que vocês o conhecem pelo nome de diabo, e isto tudo também está escrito em Isaias capítulo quatorze e Ezequiel capítulo vinte e oito, então o diabo depois de enganar muitos destes homens, ele também matou muitos que não aceitavam servi-lo, era uma época que havia muitos dinossauros, e os homens viviam com eles e ainda os domesticaram e serviam para ajudar na plantação, para se locomover, e ainda de alimentação, e este anjo o calça-curta como também é conhecido, resolveu subir aos mais altos céus e se sentar no trono de Deus, então Deus o lançou na terra, junto com os anjos que ele também havia enganado, e por causa disso houve uma grande catástrofe na terra que acabou com os dinossauros e com o ser humano, assim o planeta foi destruído por completo, onde a ciência afirma ter caído na terra um grande meteoro. Não se preocupem, os homens que não caíram na cilada do diabo, Deus levou para outro lugar, que nós chamamos de céu, então o diabo e os homens que o serviram perderam o direito de terem os seus corpos e como castigo viraram o que nós chamamos de demônios, e continuam no planeta, e Deus vendo esta situação no planeta resolveu transformá-lo num mundo habitável novamente, e agora vamos para o versículo dois do capítulo primeiro de Genesis, no qual diz a terra era sem forma e vazia, então há mais ou menos uns seiscentos mil anos atrás a terra volta novamente ser bonita e habitável, e Deus novamente cria o ser humano, mas ainda não é Adão e Eva, pois os dois só vão ser criados mais ou menos há seis mil anos atrás, e com isso o que Deus quer de nós é que mudemos o mundo em que vivemos, não seguindo as ordens do diabo que quer destruir tudo, devemos parar de poluir, devemos mudar nossas atitudes egoístas, e pensar que o mundo não é só para nós, é para os nossos filhos, netos e bisnetos, o que fazemos de errado aqui será transferido para o futuro, por isso pensem um pouco antes de jogar um lixo no chão ou mesmo desperdiçar água, faça deste mundo um lugar melhor pra viver e assim este planeta existirá por muito tempo, entre em contato com Deus, pergunte pra ele o que Ele quer de você e faça o bem. Obrigado a todos.

Nesta hora o professor ficou de pé e começou a bater palmas e toda a classe se levantou e começou a fazer igual.

— Meus parabéns Jorge, você não só defendeu seu pensamento, como defendeu o criacionismo e ainda defendeu a ecologia, na próxima vez não peça pra Sandra fazer seu trabalho, faça você mesmo, largue de ser preguiçoso, pois tem talento.

— Obrigado professor, e qual é a minha nota?

— Jorge, com esta palestra eu vou te dar nota dez no bimestre e já deixo você com dois pontos positivos pro próximo bimestre.

— Obrigado.

Fui me sentar e todos me cumprimentavam dando os parabéns, a Sandra me pareceu chorar de alegria.

— Jorge, onde foi que você aprendeu?

— Nando, esta é uma longa história, mas ainda preciso aprender muito mais.

E assim a aula continuou até a hora do intervalo, e quando deu o sinal o Nando saiu tão rápido que quando me virei para trás ele já havia saído, e a Sandra veio em minha direção.

— Jorge, estou muito orgulhosa, que lindo foi a sua palestra, você fala muito bem.

— Obrigado Sandra, eu aprendi com senhor Simon.

— O velho do chapéu?

— Aquele homem conhece muito.

— Quero conhecê-lo e aprender também.

— Você vai gostar dele.

— Fico com dó, só de pensar que perdeu o filho terrivelmente.

— É verdade, mas ele vai superar tudo.

— Jorge, olha o Nando junto com as patricinhas e a Helen.

— Ele que escolheu, não quero nem ver o que vai dar.

— Ela fica abusando dele, uma hora ele vai se encher disso.

— É o que espero, Sandra.

— Oi gente, tudo bem?

— Pedro? Cara faz tempo que estamos querendo saber notícias suas, vai conta o que aconteceu?

— Calma, Jorge.

— É Pedro eu também fiquei sabendo que você foi à casa da dona Rute, e também estou curiosa, pra saber o que aconteceu.

— É verdade que vocês estão namorando?

— Sim Pedro é verdade, mas conta logo.

— Meus parabéns! Sabia que vocês iam ficar juntos.

— Pedro, se você não contar logo eu vou bater em você.

— Que isso Sandra, Calma.

— Então, fala logo.

— Está bem, é o seguinte eu fui à casa da dona Rute pra procurar o álcool em pó, e ela me pediu pra procurar dentro da casa dela, numa sala que ela guardava de tudo, tinha até um pó pra tapar taio, mas não achei o álcool em pó, então ela me pediu pra ir até o quarto dela.

— Credo! Ela ficou nua? E você viu Pedro?

— Pare de besteira Sandra, ela é uma velha muito sozinha, e me mostrou um monte de foto que estava em cima da cama, e vários álbuns, tinha até foto dela quando era jovem, então ela começou a contar a sua história pra mim.

— Ela não tentou te agarrar?

— Ela é muito carente, ela me abraçou várias vezes e me beijou, mas vocês vão saber por que, me deixa continuar com a história, Jorge.

— Está bem desculpa, Pedro.

— Ela me disse que quando tinha dezoito anos resolveu entrar no convento, obrigado pelos pais, pois queriam ver a filha como uma freira, ela passou muitos anos no convento até se tornar uma freira, mas um dia ela conheceu um padre que ainda era jovem e ia todo mês até o convento para fazer a missa de lá, e ela se encantou com ele e ele com ela, e secretamente começaram a namorar, foi então que um dia a madre chefe descobriu o romance, mas já era tarde, ela estava grávida do Padre, foi feito uma reunião do clero e transferiram o padre pra Itália, e ela ficou enclausurada até que nascesse o filho, mas mesmo assim o padre continuou escrevendo pra ela, e as cartas muitas delas foram rasgadas pela freira chefe, e outras foram guardadas por uma freira que estava encarregada de queimar as cartas, a dona Rute teve o bebê no convento e ninguém deveria saber do assunto, ela amamentou o filho até os três anos, e colocou o nome de Guilherme Frederico, que era o nome do Padre que estava na Itália, como a criança já estava com três anos foi tirada dela e dado a um Padre que vivia numa cidade do interior de Goiás, e ele criou a criança até os sete anos, ela ficou muito chocada com tudo e tentou várias vezes, escapar do convento, para ir buscar o filho, e depois de alguns anos a Madre chefe foi transferida e outra assumiu o cargo, esta madre a chamou para conversar e pediu que contasse a história, então esta madre se comoveu com a história dela e tentou ajudá-la encontrar o filho, na época, elas descobriram que o padre que estava na Itália havia falecido de uma pneumonia muito forte, e ele morreu sem saber do filho, ela recebeu algumas cartas que tinha sido guardada pela antiga madre, e uma das cartas ele dizia que se ela respondesse pra ele que o amava, ele viria da Itália, largaria a batina e casaria com ela, quando ela leu a carta, ficou quase dois dias inteiros chorando, o que lhe dava força era buscar o filho, então a nova madre chefe conseguiu encontrar o padre que o criou. Assim ela juntou um dinheiro e viajou em busca do filho, abandonando o convento. E passado algum tempo achou o padre, mas já estava no fim da vida, e ele disse que como ele já estava velho e não conseguia cuidar do menino, passou a criança para uma família que por lá passou resolveu adotá-lo e o levou embora, e ela passou mais alguns anos tentando encontrar a família que teria levado o seu filho, até que descobriu que tinham vindo pra nossa cidade, foi então que ela veio e mudou para cá, conseguiu um emprego e tentou todo este tempo achá-lo, mas nunca conseguiu encontrá-lo.

— Pedro, que história.

— Por isso ela gostava de abraçar os meninos, como se estivesse abraçando seu filho.

— Que história triste, Pedro.

— Mas ainda não terminou.

— Não? Como assim?

— Quando ela terminou de contar a história, ela chorava muito, pois ela acreditava que o seu filho hoje deveria estar com uns quarenta anos.

— Eu disse pra ela que meu pai se chamava Guilherme Frederico, e que ele sempre contou uma história de que quando era pequeno foi criado por um padre, que dizia que a mãe dele era madre, e teve um caso com um homem e engravidou, e como não poderia ficar com a criança, a deu para o padre criar e que nunca mais queria saber daquela criança, ele viveu com o padre até conhecer meus avós, que não podiam ter filhos e o adotaram, e assim ele cresceu conheceu minha mãe e se casou, e a minha mãe sempre perguntou, se ele não gostaria conhecer a sua mãe verdadeira, mas ele sempre diz que não, pois ela o abandonou. Então ela virou pra mim e disse que faz muitos anos que ela pede a Deus que ela pelo menos visse o filho antes de morrer, então olhou pra mim e me disse pra levá-la pra minha casa, pois era a sua última esperança, quando o bebê foi levado ela havia colocado um crucifixo no bebê e se ele ainda tivesse poderia ser realmente o seu filho, então pedi pra ela esperar, que eu iria a minha casa conversaria com meu pai e depois voltaria lá.

— E aí Pedro, o que aconteceu?

— A hora que cheguei à minha casa, contei pra minha mãe e meu pai, e eles ficaram chocados com a história, então meu pai subiu para o quarto, e trouxe um crucifixo antigo e me mostrou dizendo que o padre havia dito a ele que a única lembrança da mãe dele seria aquele crucifixo com o nome dela, e qual foi a surpresa que atrás do crucifixo estava escrito Rute. E foi nesta hora que você me ligou, Jorge.

— Pedro, continua e o que aconteceu depois?

— Fomos pra casa dela, e quando meu pai mostrou o crucifixo à dona Rute, ela desmaiou, então meus pais a ajudaram a recobrar os sentidos, ela abraçou o meu pai e pediu muitas desculpas por não ter conseguido ficar com ele e com o pai dele, eles choraram muito, e foi neste final de semana que meus avós a conheceram, e a abraçaram foi muito choro e alegria, com isto meu pai a convidou para morar em casa, e hoje ela vai estar se mudando pra lá, pois os dois tem quarenta anos de histórias pra contar.

— Pedro, quem podia imaginar?

— E foi por culpa sua que fui parar lá! E meu pai quer te conhecer, Jorge.

— Vamos marcar um dia, que agora quero ver a felicidade da dona Rute.

— Ela é minha avó de sangue.

— Que história.

— Mas vamos voltar pra classe que já estamos atrasados.

Pedro voltou correndo pra sala e nós também, mas de mãos dadas. E assim passamos à tarde na sala de aula e quando terminou fomos embora e pelo caminho conversando sobre tudo o que aconteceu com o Pedro e o pai dela.

— Jorge, a cada dia eu fico admirada das coisas que estão acontecendo.

— Eu também, quando que ia imaginar que a Dona Rute era avó do Pedro?

— E o que será que ainda vai acontecer, Jorge?

— Não sei ainda Sandra, mas acho que ainda muita coisa vai acontecer.

— Fico até com medo.

— Você vai para casa de sua tia?

— Não eu vou te levar até a sua casa e depois vou à casa do senhor Simon, pra gente conversar.

— Eu posso ir com você?

— Ainda não Sandra, não sei ainda do que ele está sabendo, deixa as coisas se assentarem depois te levo lá.

— É melhor mesmo, pois ainda não foi esclarecido o assunto de meu pai ter batido no carro do filho dele.

— Eu acredito na inocência do seu pai.

— Também acredito.

— Se Deus quiser, tudo vai ser resolvido.

Chegamos à casa da Sandra e o Sandrão estava na porta da casa com seu Anselmo conversando.

— Boa noite seu Anselmo, e aí Sandrão.

— E aí o esqueleto de lagartixa.

— Pare Sandro, não fale assim do meu querido genro, que me ajudou a me livrar do peso de muitos anos.

— É verdade, me desculpa Jorge, e muito obrigado por ter ajudado meu pai.

— Que isso, Só fiz a minha parte em obedecer à voz de Jesus.

— Vamos entrar, Jorge?

— Obrigado Sandra, mas preciso ainda resolver algumas coisas.

— Vamos entrar, Jorge, depois você resolve, não vai deixar a minha filha triste, não é?

— Eu sei que vocês têm muito pra conversar, e eu ainda preciso voltar logo se não minha tia fica nervosa.

— Vamos deixar os dois à sós, Sandrão, pois precisam se despedir.

— E qual o problema pai?

— Nenhum Sandrão, só não quero ver você enchendo a paciência do Jorge.

— Está bem pai, mas você fica esperto em Jorge, se você fizer alguma coisa com minha irmã, você vai ver comigo.

— Pode ficar tranquilo, Sandrão.

— O senhor devia estar bêbado quando deixou este magrelo namorar a Sandra, não é?

— Fica quieto Sandrão e vamos entrar.

— Me desculpa Jorge, pelo meu irmão ele é muito idiota.

— Logo ele se acostuma.

— Assim espero!

Então nos despedimos e nos beijamos, e como é bom beijar a Sandra, me esqueço de tudo e viajo com ela, assim logo após este maravilhoso beijo fui à casa do senhor Simon, e entrei pelo portão e bati na porta.

— Quem é?

— Sou eu, senhor Simon.

— Pode entrar Jorge, você nem precisa bater a casa é sua.

— Obrigado, senhor Simon.

Entrei e o senhor Simon estava sentado no sofá e tomando um chá.

— Pega um pouco de chá, Jorge.

— Obrigado.

— Por mais que eu tente não consigo fazer um chá como aquele que tomamos na casa do Harmes.

— É que as ervas de lá não existem aqui.

— É verdade Jorge, nunca que vou conseguir, por mais que eu misture, não vai adiantar, mas este aqui está muito bom.

— E como foi o dia hoje, senhor Simon?

— É Jorge, fui até a casa de meu amigo pra ele testar um pedaço daquela roupa que trouxemos daquela época, pois se ele conseguisse provar que era de seis milhões de anos, teríamos uma prova de que viajamos ao passado.

— E aí ele conseguiu testar?

— Sim conseguiu, o couro pertence ao couro de canguru, e tem apenas a idade de seis anos.

— Como assim não é dos Dinks? E não tem seis milhões de anos?

— Pelo que dá entender os dinks parecem ser parentes do canguru, e o couro realmente tem seis anos, pois era o tempo que o animal teria sido morto e o couro preparado na época do Harmes, mas o tempo não passa dentro da máquina, se o tempo corresse, nós não chegaríamos até o Harmes, pois não existiríamos.

— Entendi! Qualquer coisa que trouxermos do tempo antigo, que na época era atual, será atual aqui também, pois o tempo não correu.

— Isso mesmo, não vamos nunca provar que é possível viajar no tempo.

— O que Jesus queria, não era que provássemos a teoria da viagem no tempo e sim aprendermos um pouco mais sobre a verdade do que aconteceu.

— E por falar em viajar, a máquina está quebrada e queimou uma peça na nossa viagem de volta, por isso vou ter que encomendar algumas peças pra substituir, vai levar um tempo.

— Graças a Deus, não sei se teria coragem de ir de novo.

— Que nada Jorge, você é um jovem de coragem.

— Coragem? Só se for pela misericórdia de Deus.

— Logo você vai me pedir pra viajar de novo, mas mudando de assunto, hoje quando voltei da casa deste meu amigo, o delegado veio até aqui em casa e me contou sobre tudo o que aconteceu, e como você fez o Anselmo falar a verdade.

— É por isso que vim, eu ia te contar tudo.

— Eu sei, mas o delegado chegou primeiro, e me contou como meu filho foi morto, e você sabe como se desenrolou o restante da história?

— Como assim o delegado conseguiu resolver tudo?

— Deixa te contar, o delegado pediu para o pastor Nilson comparecer à delegacia, e ele foi e quando viu o vídeo confessou tudo.

— O que ele disse?

— Ele disse que meu filho Ramon, havia descoberto que ele estava retirando dinheiro das ofertas, então ele tentou subornar o Ramon, e como meu filho era honesto, tentou chantageá-lo dizendo que iria me caluniar, e vendo que meu filho não se sujeitava, acabou golpeando o meu filho com o ferro que era usado pra trancar a porta e quando viu que ele estava morto, o colocou no carro e levou até a estrada, e lá deixou o carro parado na estrada, pois sabia que algum carro iria bater nele e todos pensariam que ele morreu no acidente, ele ficou esperando pra ver se algum veículo acertaria o carro do meu filho, e por azar o Anselmo estava vindo com a carreta e acabou provocando o acidente, e ninguém suspeitou do crime, e como o Anselmo fugiu do acidente e ele conhecia o Anselmo, então resolveu chantageá-lo, e com isto conseguiu o dinheiro da chantagem.

— Meu Deus, que homem sem caráter.

— E o pior foi quando o delegado puxou a ficha dele e descobriu que ele já havia praticado outros crimes no norte do país e estava foragido, então ficou preso e pagará pelos seus crimes. Amanhã o delegado vai dizer pro Anselmo ficar tranquilo que ele não teve culpa do acidente.

— E como o senhor está?

— Jorge, se não tivesse encontrado com a Grande Sabedoria, poderia ficar arrasado e revoltado, mas agora sei que meu filho está num lugar melhor junto com minha esposa me aguardando.

— Fico feliz em saber que o senhor está bem, pois fiquei preocupado.

— Obrigado, pela sua preocupação, mas estou bem e posso dizer que ganhei outro filho, que é você, Jorge.

— Não sei nem o que dizer, senhor Simon.

— Não diga nada e me dê um abraço, meu filho.

Eu o abracei e podia ver o senhor Simon chorar, agora ele podia ficar mais tranquilo, pois tudo aquilo que Jesus havia dito aconteceu.

— Senhor Simon, tive um pesadelo esta noite que foi terrível.

— Você sonhou que Lúcifer havia descoberto que fomos nós que viajamos no tempo, e queria nos destruir?

— Sim, como o senhor sabe?

— Eu sonhei a mesma coisa Jorge, mas não se preocupe, enquanto estivermos andando com Cristo, nada vai acontecer.

— Assim espero.

— E sabe por que Lúcifer está bravo?

— Por quê?

— Você fez que ele cheirasse o chulé do seu tênis.

— É verdade, mas foi culpa dele.

— Só de lembrar, me dá vontade de rir.

— Senhor Simon, como vai ficar a igreja caminho do céu?

— Pelo que sei a igreja foi aberta pelo pastor Nilson, então amanhã vou até a delegacia conversar com ele, perdoá-lo pelo que fez, e depois vou falar com ele a respeito disso.

— O pior é o escândalo.

— A minha maior preocupação Jorge, é a esposa do pastor Nilson, e seus filhos.

— É verdade, pensavam que o pai era fiel e verdadeiro, e no fim é um criminoso.

— E o seu pai, Jorge como será que ele ficou?

— Sinceridade, não sei, estou pensando em passar em casa e ver o que vai dar.

— Acho melhor você ir pra casa do seu tio, deixe seu pai pensar um pouco e deixe que ele te procure.

— Está bem, vou aguardar! Vou embora, pois acho que minha tia deve estar preocupada comigo.

— É bom você não deixá-la preocupada.

— Até mais, senhor Simon, depois a gente conversa mais.

— Vai com Deus, meu filho.

Sai da casa do senhor Simon e passei na frente de casa, e percebi que tudo estava apagado, e não devia ter ninguém em casa, acredito que meu pai deva estar triste com a notícia do pastor Nilson. Esta história vai ser um choque pra todo mundo que conhecia o pastor Nilson. Cheguei à casa da minha tia e logo que entrei vi minha mãe e meu pai sentados no sofá junto com os meus tios, e meu pai se levantou e veio em minha direção.

— Jorge, meu filho vim aqui pra falar com você e te pedir perdão por tudo que fiz, eu estava errado acreditei cegamente no pastor Nilson, e hoje fui com ele na delegacia, pra ver o que o delegado queria, e quando nos mostraram o vídeo achei que era montagem pra incriminar o pastor, então ele me olhou e disse que realmente era verdade, e que precisava falar a verdade, pois não podia continuar vivendo uma farsa. Ele confessou tudo para o delegado, e fora os crimes que havia cometido em outro estado. Eu fui iludido.

— Eu sempre falei isso, seu cabeça dura.

— Fred, deixa o Chico falar.

— Jorge, você me perdoa?

— É claro pai, sabe que te amo, e isso tudo foi necessário acontecer, para que tudo fosse resolvido, se não tivesse falado com o senhor Simon, nada disto teria acontecido e tudo ainda estaria em secreto.

— Eu ainda preciso pedir perdão pro Simon! Estou muito envergonhado.

— Que isso pai, isto é sinal que o senhor sabe reconhecer que é falho! E o senhor Simon vai ficar muito feliz.

Abracei o meu pai e minha mãe que chorava muito.

— Você viu que coisa linda Fred a família unida novamente.

— É querida, estou feliz que o Ruela vai embora e posso ficar só de cueca pela casa agora.

Meu pai começou a rir e minha mãe também.

— Desculpa o Jorge ter ficado por aqui, Fábia.

— Foi um prazer recebê-lo aqui em casa Maria e sempre que precisar ele pode ficar.

— Obrigado, tia!

— Mas só se precisar muito ficar aqui, entendeu, Jorge?

— Está bem, tio!

— Pegue as suas coisas Jorge e vamos pra casa.

Então peguei as minhas coisas e saímos da casa de meus tios e minha tia chorava, e meu tio ficava rindo dela.

— Larga de chorar Fábia, ele sempre vai vir pra cá pra trabalhar.

— Seu bobo, eu estou feliz que tudo tenha dado certo pro, Jorge.

No caminho minha mãe queria saber tudo o que aconteceu, pois, minha tia já havia adiantado muita coisa.

— É verdade que você está namorando?

— Sim mãe, Estou namorando a Sandra.

— Não falei pra você Maria, que essa amizade dele ia acabar em namoro, e você já conversou com os pais dela?

— É claro pai, fiz conforme o senhor me ensinou.

— Muito bem, é assim que um homem de verdade tem que fazer.

— Obrigado, Pai.

— A sua tia me disse que tudo isto aconteceu porque você teve um encontro com Jesus, é verdade?

— É verdade pai, foi algo maravilhoso.

— Que maravilha Jorge! Fiquei feliz em ter um filho abençoado.

— Que isso! O segredo é fazer a vontade Dele.

— Muito bem, Jorge!

Chegamos a casa e ficamos conversando sobre tudo o que aconteceu e minha mãe preparou a janta e depois fui me deitar, e esta foi à noite que pude dormir tranquilamente, sabendo que tudo havia dado certo e agora estava em casa novamente, pois a melhor coisa é estar na nossa casa.

Capítulo 17

De volta ao lar.

— Jorge, acorde já está na hora de você ir trabalhar.

— Nem acredito que já está na hora, a noite passou rápido.

— É o cansaço, Jorge!

— Verdade, que bom estar em casa mãe.

— Estava com muitas saudades, filho.

— Eu também, mas vamos lá que o tio deve estar atrasado para entregar o carro.

Desci as escadas e a mesa estava pronta, parecia um banquete, minha mãe preparou tudo para comemorar a minha volta pra casa, meu pai estava sentado à mesa lendo o jornal.

— Bom dia filho, dormiu bem?

— Muito bem pai, a melhor coisa é estar em casa.

— Estou lendo o jornal e saiu à notícia de primeira capa: — Pastor é preso por cometer homicídio.

— É uma tristeza saber que a pessoa que era pra ajudar o povo, estava pior que eles.

— Não sei como vai ficar a igreja, após este escândalo.

— O Senhor Simon, disse que vai hoje a delegacia conversar com o pastor Nilson e vai para perdoá-lo pelo que fez.

— Quero ver se o encontro hoje também para pedir-lhe perdão.

— Ele vai te perdoar, o senhor Simon é um homem de grande coração.

— Essa situação me abalou muito, mas sei que precisamos ser forte e vencer.

— É isso que se fala pai, assim terá vitória.

— Vou indo pra casa do tio, ele deve estar me esperando.

— Com certeza, pode ir e cuidado pelo caminho.

— Pode deixar, pai.

Abracei meu pai e minha mãe e ao sair pela porta vi a vizinha da frente, que estava no portão, ela é a dona Clara, é baixinha e um pouco gordinha, e têm oito filhos, todos estão casados e moram em outra cidade, e sempre procura a minha mãe para se inteirar dos assuntos e espalhar.

— Bom dia Jorge, sua mãe está?

— Bom dia dona Clara, a minha mãe está sim pode entrar, e aproveita tomar um café, que pelo jeito a conversa vai ser longa, pois acredito que a senhora vai querer saber de tudo, não é?

— Que isso menino, eu venho aqui, por que gosto da sua mãe, e de conversar, falando assim até parece que venho aqui pra fazer fofocas.

— Me desculpa dona Clara, se entendi mal, é lógico que a senhora só veio ver minha mãe, não é?

— É claro, Jorge.

— É bom à gente deixar tudo às claras, não é dona Clara?

— Até mais, Jorge.

Sai e fui direto pra oficina e quando cheguei meu tio já estava debaixo do carro mexendo no escapamento.

— Bom dia, Tio.

— Bom dia Ruela, como passou a noite?

— Graças a Deus muito bem, e o senhor?

— Eu consegui dormir muito bem, pois não precisei ficar ouvindo o ronco de um Ruela.

— Mas eu não ronco, tio.

— Não mesmo, só faz barulho com a boca dormindo.

— Bom dia Jorge, tudo bem?

— Sim tia, tudo bem, a senhora me ouvia roncar a noite?

— Não quem gosta de roncar é seu, tio.

— Não acredite nela Jorge, pois ela quando dorme, pode cair o mundo que não acorda.

— Fred, você está de novo tirando uma com o Jorge?

— Querida, se eu não fizer isto quem vai fazer?

— Pare de zoar meu sobrinho querido, senão você vai atrasar e hoje temos um compromisso, lembra?

— Que compromisso?

— O filme romântico no cinema.

— Está vendo o que você me arruma Ruela, é só começar a namorar que ela também quer voltar a ser minha namorada e ainda tenho que levá-la ao cinema.

— E isto não é bom, tio?

— É bom, mas justo hoje que tem um clássico de futebol na televisão.

— Me desculpa tio, mas acho que o senhor vai perder o jogo.

— É e tudo por culpa sua seu Ruela, vai logo tomar café e depois venha me ajudar.

— Está bem, tio.

Passamos amanhã inteira arrumando o carro do diretor da escola, era tanta peça e tanto parafuso, que tinha hora que achava que meu tio estava perdido, mas ele sempre arrumava uma desculpa e dizia que estava me testando, e logo terminado o serviço almoçamos e minha tia estava eufórica só de saber iria ao cinema, então me arrumei e fiquei esperando a Sandra, minha namorada, ela veio toda feliz, parecia estar flutuando, veio e pulou sobre mim e me beijou.

— Estou vendo que está feliz hoje.

— Jorge, o delegado chamou o meu pai e disse que ele não precisa se preocupar, que o tal do pastor confessou tudo e meu pai não vai ser preso.

— Que coisa boa, não é?

— Sim e como, a minha mãe está pulando de alegria.

— Se minha namorada está feliz eu também estou feliz.

— Que bom, meu amor.

— Meu pai me pediu perdão e voltei para a minha casa.

— Que legal, agora posso conhecer meu sogro e minha sogra?

— Mas você já os conhece.

— Conhecia como os pais do meu amigo, agora você tem que me apresentar como a sua namorada.

— É verdade, pode ser hoje à noite?

— Sim, mas antes temos que fazer outra coisa.

— Que coisa?

— O Pedro, me ligou e pediu pra te avisar que hoje ele não vai pra escola e vai ter uma festa na casa dele, e o pai dele com a dona Rute, nos convidaram pra festa.

— Garanto que é pra comemorar o encontro do filho com a mãe.

Levei um empurrão da Sandra, como ela sempre faz quando fica espantada.

— Adivinhão!

— Então, vamos fazer o seguinte nós vamos à festa, e depois te levo em minha casa e apresento os meus pais.

— Confirmadíssimo.

Quando chegamos à escola a dona Benê não estava no portão, e o portão estava escancarado, achamos estranho, pois nunca vimos isto acontecer, devia de ter acontecido algo grave, pra ela não estar ali. Entramos e fomos direto pra sala, e quando começou a aula percebi que o Nando e a Helen não estavam na aula, e pensei que os dois estavam atrasados, e no intervalo a Sandra me procurou.

— Jorge, você não vai acreditar no que a Rosinha me contou.

— O quê? Fala.

— A Dona Benê pegou o Nando e a Helen atrás da quadra.

— Não acredito, e eles não estavam... quer dizer você sabe?

— Não sei, só sei que os dois estão na diretoria, esperando pelos pais.

— Que vergonha, imagine o Nando como ele deve estar?

— Foi muita idiotice dos dois.

— Também acho, eles só vão complicar a vida deles.

Enquanto a gente conversava, vi os pais do Nando chegando e não estavam com uma cara muito boa, assim que voltamos não ficamos sabendo de mais nada, pois só amanhã vamos saber os detalhes, assim que terminou a aula fomos embora.

— É Sandra, o Nando vai ouvir muito do pai dele hoje.

— Imagine a Helen, Jorge, acho que será pior, ela é menina e ficará falada na escola.

— É verdade, temos que tomar muito cuidado também.

— Como assim? Você queria me levar pra atrás da quadra?

— Claro que não Sandra, estou falando da tentação.

— Sim claro! Todo o cuidado é pouco.

— Quando estivermos namorando e o negócio começar a esquentar, temos que parar e esfriar os ânimos, pois podemos fazer alguma coisa errada e que depois a gente venha se arrepender.

— Estou com você e não abro.

— Agora soou meio estranho, mas entendi Sandra.

— Verdade mesmo, o que quero dizer que vamos ter que ajudar um ao outro.

— Está certo, vamos vencer e chegar ao casamento limpos, para que possamos ter a bênção de Deus sobre a nossa vida.

— Concordo com você.

A partir deste dia, nós dois passamos por muitas dificuldades, pois vencer o desejo da carne não é fácil, mas estamos conseguindo. Combinamos de nos encontrar na casa do Pedro, mais tarde. Quando cheguei à minha casa e encontrei o meu pai sentado na cozinha esperando pela janta.

— E aí Jorge, como foi à escola?

— Foi bem pai, hoje posso ir casa do Pedro, vai ter uma festa lá, pois a dona Rute encontrou o filho dela que é o pai do Pedro.

— Você está falando da dona Rute, aquela que sua mãe pega as revistas de perfume?

— Sim ela mesma, descobriu que o pai do Pedro era filho dela.

— Você está ouvindo isso, Maria?

— Eu fiquei sabendo ontem pela dona Zenaide do mercado.

— É a dona Zenaide é mais rápido que a internet.

— É verdade, pai.

— Pode ir sim, e a sua namorada vai também?

— É claro, pai!

— Tome muito cuidado, não me vá fazer bobagem.

— Não se preocupe, pai.

— Acho bom mesmo.

— E o senhor, conversou com o senhor Simon?

— Fui até a casa dele e ele me recebeu muito bem, e me perdoou, falou muito bem de você, e que te considera como um filho, e que você é muito esperto e pode ajudá-lo muito.

— Que bom pai, estou feliz que se acertaram.

— E me pediu pra deixar você ajudá-lo no laboratório dele, ele acredita que você pode ser um grande cientista, e quer te ajudar.

— E o senhor, disse o que pra ele?

— Que vou pedir para seu tio, que você o ajude um dia sim e um dia não, para que você possa estudar com o senhor Simon.

— Estou vendo que ainda vou passar por muita coisa ainda.

— Como assim filho?

— Nada pai, é só pensamento meu.

— E depois da nossa conversa com o Simon, fui com ele até a delegacia.

— Verdade? E o que aconteceu lá?

— Ele foi falar com o pastor Nilson.

— Agora o senhor mudou de mestre? Antes seguia o Nilson, e agora o senhor Simon?

— Pare de fazer chacota comigo.

— Foi brincadeira pai, continue.

— O Nilson nem queria olhar, ficou o tempo todo de cabeça baixa, então o Simon disse que não tinha raiva dele, pois ele sabia que o filho estava em um bom lugar, e por isso o perdoava pelo que fez, e o Nilson disse que ele era maluco, como podia perdoar quem matou o filho dele?

— E o que ele respondeu?

— Ele disse que dentro dele havia o mesmo amor de Deus que um dia perdoou os homens por ter matado o filho dele, e através da morte de Jesus hoje muita gente pode ser salva, e que o Nilson deveria entender que Deus também o perdoava pelos seus erros, mas que ele teria que pagar pelos crimes cometidos. O Nilson começou a chorar e falou que estava preocupado com a esposa e os filhos pequenos, então o Simon disse pra ele não se preocupar, pois a partir de hoje ele vai ajudar a família do Nilson enquanto precisarem.

— Deve ter sido emocionante.

— Sim Jorge, mas o Nilson disse que assinaria uma procuração para que o Simon, mantivesse a igreja aberta e que ele mesmo ensinasse a verdade ao povo, tentasse consertar o erro que ele fez. O Simon olhou pra ele e disse que ajudaria manter a igreja aberta, mas que ele já tinha em mente outra pessoa pra cuidar da igreja, pois a obra de Deus não pode parar, mesmo que haja erro ela tem que continuar mostrando a verdade e ensinando a Palavra.

— Então a igreja Caminho do Céu ficará aberta?

— Sim, foi o que o Simon disse.

— Esse velho, tem coragem.

— Também acho, filho.

— Está bem pai, mas deixa me arrumar que ainda preciso ir à festa.

Capítulo 18

Na Casa de Pedro

Fiquei na esquina da casa do Pedro esperando pela Sandra, e não demorou muito vi que ela estava se aproximando, estava com um vestido azul e toda arrumada, o perfume dela era possível sentir ao longe, e logo vi o Nando que apareceu atravessando a rua.

— E aí Jorge, tudo bem? Esperando a Sandra?

— Oi Nando, ela vem vindo ali.

— Você ficou sabendo o que aconteceu?

— Atrás da quadra?

— A dona Benê nos pegou lá, que vergonha.

Nesta hora a Sandra chegou e me deu um beijo e me abraçou, e olhou para o Nando.

— Fale Nando, tudo bem?

— É isso que eu estava falando pro Jorge, a Benê nos pegou atrás da quadra, e chamou os nossos pais.

— Só você mesmo Nando, eu não acredito que você seria capaz de fazer isso atrás da quadra.

— E o pior Jorge, que nem deu tempo, o duro foi explicar isso para os pais dela, o pai dela queria me bater, só não bateu porque meu pai chegou e entrou na frente, os dois discutiram o maior tempão, você tinha que ver a cara de prazer da dona Benê.

— E agora como ficou a situação?

— O pai dela vai levá-la pra outra escola, e eu vou ficar de suspenção por três dias, e em casa vou ficar de castigo por uma semana, não posso brincar de vídeo game, nem mexer no computador e ainda tomou meu celular.

— Agora você aprendeu a lição, vai ficar sem ver a Helen?

— Que nada, hoje eu marquei de encontrar com ela na padaria, e a gente vai conversar pra ver como ficaremos.

— Eu não acredito, depois de tudo ela ainda vai se encontrar contigo?

— É claro Sandra, outro cara bonito e charmoso, onde que ela vai encontrar? Deixa ir, se não chego atrasado. E vocês vão indo aonde?

— Vamos à casa do Pedro, hoje vai ter festa, por causa da dona Rute que encontrou o filho dela, que é o pai do Pedro.

— Quer dizer que a velha tarada é avó do Pedro? Por isso sempre achei ele meio estranho, mas boa sorte pra vocês e cuidado abraçar a velha, Jorge.

— Nando, me deixa explicar a história.

— Outra hora Jorge, até mais.

— Até.

— Esse Nando num presta mesmo, imagine se o pai dela pega ele?

— Deixa-o Sandra, uma hora ele vai encontrar o dele.

— Vamos entrar na festa, chegar tarde é feio.

— Legal, vamos lá.

Entramos na festa e havia muita música e muita gente, o Pedro veio nos receber.

— Oi, que bom que vocês vieram, deixa apresentar meus pais pra vocês.

Chegamos ao quintal e havia uma grande churrasqueira e estavam assando muita carne, e vi a dona Rute, abraçada com um homem, mas eles estavam de costas.

— Pai, esse é o Jorge meu amigo que me levou na casa da avó Rute.

 Quando eles viraram para nós, eu quase caí de costa, se não fosse a Sandra me segurar.

— Muito prazer! Sou Guilherme e estava querendo conhecer o jovem que ajudou meu filho encontrar a minha mãe.

— Foi sem querer, eu nem sabia de nada, sempre fui à casa da dona Rute buscar revista pra minha mãe.

A dona Rute me abraçou bem forte.

— Jorge, nada é coincidência, tudo foi providência de Deus para encontrar meu filho, muito obrigada, e manda um abração pra sua mãe.

— Fique à vontade na festa, podem comer, pois vocês são meus convidados especiais.

— Obrigado seu Guilherme.

— Jorge, Senta naquela mesa que vou buscar um refrigerante pra vocês.

— Obrigado, Pedro.

Então fomos até a mesa e havia só duas cadeiras, e a Sandra ficou feliz em poder sentar só nós dois.

— Jorge, porque você se assustou com o Guilherme? Até parecia que tinha visto um fantasma.

— Ele parece com um amigo meu, o seu nome era Harmes.

— Era? Já morreu?

— Sim faz muitos anos!

— Eles são muito parecidos?

— Por isso me assustei, são muito iguaizinhos.

— Que incrível!

— O senhor Simon que precisa conhecê-lo.

— Ele conheceu o Harmes?

— Sim, eram muito amigos.

— Jorge, se eles eram muito amigos, como você o conheceu? Se só faz alguns dias que você conhece o Simon? E você disse que ele morreu faz muitos anos?

— Sandra é uma história meio complicada.

— Me conta, gosto de histórias complicadas.

— É que não posso contar.

Pedro, apareceu e colocou os refrigerantes na mesa, e uma mulher veio junto trazendo alguns salgadinhos.

— Essa aqui é minha mãe, eles são o Jorge e a Sandra que te contei, mãe.

— Oi meninos, que bom conhecer vocês eu sou a Shaene.

— Muito prazer, dona Shaene.

— Fique à vontade, se faltar alguma coisa é só me chamar.

— Obrigado.

— Jorge, eu vou ali conversar com meus primos e logo eu volto aqui tá.

— Sem problema Pedro, pode ficar à vontade, a gente está bem aqui.

— Ótimo.

— Você viu Sandra, a coxinha parece boa você quer uma?

— Sim, claro que quero, e também quero saber da história, você vai me contar ou não?

— Você vai me chamar de louco.

— Jorge, depois que vi tudo o que aconteceu, como vou duvidar de você?

— Mas é que o senhor Simon me pediu pra não contar pra ninguém.

— E sou alguma ninguém?

— Eu estou falando que quem ouvir vai nos chamar de louco.

— Está bem se você não quer contar tudo bem, pois não temos confiança um no outro, não é?

— Está bem Sandra, vou te contar, mas você vai me prometer que não contará a ninguém, e terei que contar pro senhor Simon que você ficou sabendo.

— É claro que não vou contar, vai me fala.

— Você lembra quando falei que o senhor Simon tinha uma teoria de viagem no tempo?

— Sim, até você me contou que gostaria de voltar no tempo e se encontrar com Jesus. Jorge? Você viajou no tempo? Por isso sabia das coisas aqui, você se encontrou com Jesus assim?

— Até que não foi difícil te contar.

— Você está me zoando, Jorge?

E levei aquele empurrão de novo e desta vez acabei derrubando a coxinha que estava na minha mão.

— Eu falei que não ia acreditar em mim.

— Jorge, fale a verdade, por favor.

— Essa é a verdade, o senhor Simon criou uma máquina que é capaz de viajar no tempo, e ele me convidou, assim viajamos há seis milhões de anos.

— Jorge, você está falando sério?

— Sim Sandra, é verdade você acredita em mim?

— Jorge, é meio complicado, não vou dizer que estou totalmente acreditando, mas continue.

— Quando te levar na casa do senhor Simon, você vai acreditar na hora que ver a máquina e as roupas que trouxemos.

— Vocês trouxeram roupas de seis milhões de anos? Então vocês têm prova da viagem?

— Teríamos, mas infelizmente o tempo não passa dentro da máquina, a roupa é como se fosse criada no tempo atual, o senhor Simon fez o exame e deu que a pele do animal tem apenas seis anos.

— Vai me conta como foi ir a seis milhões de anos atrás e me conta o que você viu por lá.

Contei toda a história do que passamos, como encontramos o Harmes, o lúcifer, os dinossauros, o meu amigo Clin, a comida, e a Grande Sabedoria. Falei como Jesus nos contou sobre o que deveríamos fazer para resolver os problemas por aqui, e a Sandra ficou admirada conforme ia contando, ela parecia viajar na história, e assim saímos da festa e fomos pra minha casa e contando tudo sobre a viagem.

—E agora Sandra, você acredita em mim?

— Jorge, foi incrível esta aventura, e me diga dá pra viajar de novo?

— A máquina voltou quebrada, eu acho que o príncipe Lúcifer devia ter mexido em algo, e o senhor Simon disse que vai tentar consertar para em breve viajar de novo.

— Que loucura, e posso ir junto?

— Só tem duas vagas na nave, a não ser que eu peça pro senhor Simon, montar mais um banco pra você.

— Seria demais, viajar no tempo.

— Mas isso você não pode contar a ninguém, Sandra.

— Eu sei Jorge, e quem iria acreditar? Mas quero ver a máquina, e as roupas.

— Amanhã te levo na casa do Senhor Simon.

— Você contou pro seus pais que me apresentaria pra eles?

— Acabei esquecendo-me de avisar, mas com eles não tem problema.

— É chato Jorge, pegar eles de surpresa.

— Que nada vamos entrar.

Quando entramos meu pai estava sentado na poltrona e de frente o senhor Simon estava sentado conversando com meu pai, e minha mãe estava preparando uns bolinhos de chuva pra servir.

— Oi Jorge, que bom que chegou estava aqui conversando com o Simon sobre você.

— Oi senhor Simon, tudo bem?

— Tudo Jorge, e quem é a moça?

— Me desculpa, esta é a minha namorada a Sandra, filha do Anselmo.

— Oi muito prazer te conhecer, Sandra, e seu pai como está?

— Prazer é meu, faz tempo que queria te conhecer, o Jorge não para de falar no senhor, o meu pai graças a Deus mudou da água para o vinho, e está muito feliz.

— Que bom, fico feliz por seu pai.

— Eu vim aqui apresentar a Sandra, pro meus pais como minha namorada.

— Me desculpe Jorge, deixa ir embora assim vocês ficam mais à vontade.

— Que isso Simon, você é nosso convidado, você não considera o Jorge como um filho?
Assim ele apresenta pra todos de uma só vez.

— É verdade, pai.

Sentamos e minha mãe ficou ao lado do meu pai e Sandra ficou ao meu lado, e passamos
algumas horas conversando, o senhor Simon tem muita história pra contar, rimos
bastante e nos divertimos muito, a Sandra se sentiu bem, pois já conhecia meus pais.

— Sandra, já está ficando tarde vamos embora?

— É meu filho, não deixe os pais delas preocupados.

— Vamos, Sandra?

— Vamos, mas é uma pena terminarmos a conversa.

— Minha nora Sandra, a partir de hoje você pode vir aqui à hora que for preciso, a casa
é sua.

— Obrigada, dona Maria.

— Pode me chamar de Maria, pois agora sou sua sogra.

— Está bem, é bom ter uma sogra.

— Pede pro seu pai, Sandra, aparecer qualquer hora pra gente conversar.

— Vou falar pra ele seu, Chico.

— Bem eu vou pegar carona com vocês e vou embora pra minha casa também.

— Pode ficar Simon, é cedo ainda.

— Muito obrigado Chico, mas amanhã tenho que acordar bem cedo, tenho que puxar
toda documentação da igreja e quero ver se dá tudo certo para mantermos a igreja aberta.

— Está bem, mas a casa é sua e venha aqui sempre que quiser pra conversarmos mais.

— Obrigado Chico, até mais.

Saímos de casa e fomos caminhando e o senhor Simon foi conosco.

— Então o meu amigo Jorge, agora é um rapaz compromissado?

— Sim, a Sandra é maravilhosa.

— Pare Jorge, você me deixa envergonhada.

— Estou te elogiando.

— Fico feliz por vocês dois, me faz lembrar o tempo que conheci minha esposa,
vivemos juntos por quinze anos. E foram os melhores anos de minha vida.

— E o senhor nunca pensou em se casar de novo?

— Não Jorge, Marieta sempre me compreendeu e me ajudou nas minhas loucuras de
laboratório, ela se encantava com cada experimento e descoberta. Nunca iria achar uma
pessoa como ela, ela foi única.

— Que lindo, o senhor ainda a ama?

— É claro Sandra, o amor verdadeiro nunca morre, e eu sei que um dia vou encontrá-la de novo.

— Senhor Simon, preciso falar que contei pra Sandra sobre a nossa viagem, o senhor me desculpa.

— E você acreditou nele, Sandra?

— Sim acreditei, foi meio difícil, mas acredito nele.

— Não precisa me pedir desculpas, sei que agora entre vocês não pode haver segredos, pois isso acaba com qualquer relacionamento, e se ela acreditou é porque realmente te ama.

— Ela quer conhecer a máquina e as roupas.

— Sem problemas, venha em casa amanhã à noite que mostro pra vocês, só tem uma coisa Sandra.

— O que é, senhor Simon?

— Não fale sobre isso com ninguém.

— Pode deixar comigo, e será que um dia poderei viajar com vocês?

— Sim, só preciso consertar a máquina e por mais um banco.

— Que incrível, e quando podemos ir?

— Calma Sandra, não vá com muito entusiasmo, que a coisa pode não ser tão legal assim.

— O Jorge está meio nervoso ainda, principalmente por ter que correr do Xenton.

— O Tiranossauro?

— Isso, nós passamos um sufoco com ele.

— Vocês deviam ter levado um gás de pimenta e jogar nos olhos dele, assim ele não conseguiria correr atrás de vocês.

— É Jorge, ela será uma grande aliada, pois pensa coisa que pode nos ajudar.

— A conversa está boa, mas tenho que continuar e levá-la pra casa, até amanhã, senhor Simon.

— Até, Jorge.

— Fica com Deus, senhor Simon!

— Vai com Deus Sandra, depois a gente conversa mais em viajar no tempo.

— Jorge, vai ser divertido nós três viajando para o passado e para o futuro, já pensou?

— Sim Sandra, mas agora vamos viver o presente?

— Estou ansiosa com tudo isto, e Jesus? Como ele é?

— Ele era um homem comum aparentemente, mas quando a gente estava ao lado dele, sentia uma grande paz.

— Será que vou poder encontrá-lo?

— Isso eu já não sei, mas pode ser que sim.

— E o que será que vou falar?

— Você terá um bom tempo pra pensar nisso, pois como o senhor Simon falou, ainda vai demorar consertar a máquina, nossa Sandra, chegamos quinze minutos atrasados.

— Não se preocupe, vou falar pra minha mãe que a gente estava na sua casa e acabamos nos atrasando.

— Espero que ela não fique brava.

— Claro que não, mas vou entrar.

Ela me abraçou e beijou, assim entrou na casa e voltei para minha casa, a Sandra ficou bem empolgada com esta história de viajar no tempo, só Deus sabe o que passamos nesta viajem, e voltar pra outra época que a gente não conhece, já começa a me dar medo. Uma coisa é certa se não tivéssemos viajado nada teria sido resolvido, devo ser muito grato a Deus por tudo que aconteceu. Quando cheguei minha mãe estava na cozinha me esperando e meu pai já tinha ido dormir.

— Ainda acordada, mãe?

— Sim filho, estava te esperando! Você chegou atrasado, não é?

— Cheguei, a Sandra disse que ia falar com a mãe, que ela estava aqui e acabou se atrasando!

— Liguei e falei pra Fernanda que vocês chegariam um pouco atrasados.

— O que seria de mim sem a senhora?

Abracei a minha mãe e lhe dei um beijo, ela sorriu.

— Vai dormir que amanhã você tem que trabalhar.

— Eu sei mãe, já estou indo.

Toda vez que vou dormir agora peço a Deus pra me guardar, não quero ter aquele pesadelo de novo. Fui dormir e ficava pensando aonde poderíamos ir no tempo e com a Sandra ia ser bem divertido, pensando assim acabei pegando no sono, e quando era lá pelas três horas da madrugada, escutei um barulho forte e acabei acordando, tudo estava escuro e desci as escadas e cheguei na cozinha e da janela podia ver que tudo na rua estava escuro, não acredito que estou de novo sonhando com a escuridão e os demônios, mas agora não vou pra rua e assim fiquei olhando e começou a chover, quando me virei pra sala vi um vulto negro.

— Jorge, é você?

— Sim e nem adianta chegar perto de mim, não tenho nada a ver com você seu demônio.

— Jorge tá maluco? Sou eu sua mãe.

— Mãe?

— Sim, caiu um raio aqui por perto e acabou a energia, estou indo buscar a lanterna.

— Desculpa, pensei que estava sonhando.

— E desde quando você sonha com demônio?

— Foi medo de escuro.

— Deste tamanhão e com medo de escuro Jorge? Parece seu pai.

— Vou voltar a dormir mãe, boa noite.

— Boa noite.

Graças a Deus era real e não o sonho, minha mãe agora vai ficar achando que sou um covarde e que tenho medo de escuro, antes assim do que ter que explicar o pesadelo passado.

Capítulo 19
A Reunião na Igreja

— Jorge acorde! Sua mãe já fez o café e mandou te chamar.

— Oi pai, já estou indo.

— Vamos acorde, pra não chegar atrasado.

É melhor eu levantar rápido, meu pai não tem a mesma paciência que a minha mãe.
Levantei e fui tomar o café, minha mãe estava fazendo um bolo de fubá.

— Mãe, a senhora está fazendo bolo de fubá?

— Sim, mas vai tirando seu cavalinho da chuva que esse é pra sua tia.

— Não acredito, vou ficar com vontade?

— Só se a sua tia lhe der um pedaço, a noite eu faço outro pra você.

— Jorge, diga a seu tio que hoje vai ter reunião na igreja com o senhor Simon, e pediu
pra chama-lo.

— Avisarei pai, o senhor Simon vai ser o novo pastor?

— Ele não quer, somente vai ajudar a igreja no que for preciso, mas ele vai colocar outro
como pastor.

— Será o tio?

— Não sei pode até ser, mas não vai esquecer de avisá-lo.

— Pode deixar, Pai.

Assim que terminei, fui para casa de meu tio e no caminho era cruel sentir o cheiro do
bolo, não via a hora de chegar e entregar para minha tia, e sei que ela vai me oferecer um
pedaço. Quando cheguei achei estranho, tudo estava fechado, normalmente meu tio
acorda cedo e quando chego tudo está aberto e ele já está trabalhando, então abri o
portão e fui até a porta e estava fechada, por isso achei por bem bater na porta.

— Tio, o senhor está aí?

— Já vou, Jorge.

Meu tio apareceu só de bermuda e abriu a porta.

— Me desculpa Ruela, hoje não vou trabalhar pode voltar pra casa.

— A tia está doente?

— Ela está bem, é que ontem fomos ao cinema e chegamos tarde, então resolvi
descansar um pouco. Faça o seguinte pegue o resto da semana de folga, venha aqui na
semana que vem pra trabalhar.

— Está bem, a minha mãe mandou esse bolo e meu pai me pediu pra avisar que tem
reunião na igreja à noite, e o senhor Simon pediu para o senhor estar lá.

— Pode deixar.

— Vou indo, até mais tio.

— Vai com Deus Ruela.

Nem bem sai de frente da porta, meu tio já fechou e entrou, acho que o cinema fez um bem pra eles! Acredito que estão relembrando a época de recém-casados, agora que vou ter uma folga prolongada, resolvi ir para casa do senhor Simon.

— Senhor Simon?

— Pode entrar, Jorge.

— Bom dia, senhor Simon!

— Bom dia Jorge, aqui cedo hoje?

— Meu tio me deu folga.

— Que bom, assim você pode me ajudar no conserto da máquina.

— O senhor não disse que tinha que encomendar uma peça?

— Sim, acredito que vai levar uns três meses para chegar, pois é importada.

— E o que vai fazer?

— Não lembra que você pediu pra colocar um motor nela, e ainda temos que colocar mais um banco para sua namorada.

— É verdade.

— Então vamos lá, temos muito que fazer, e depois ainda preciso correr atrás da documentação da igreja.

— A igreja terá um novo pastor?

— Sim se Deus quiser, mas ainda precisamos nos reunir e decidirmos quem será.

— Será o meu tio?

— Não sei ainda Jorge, a igreja tem que reunir os membros e depois por votação será escolhido, mas garanto que meu voto é dele. Você já é batizado Jorge?

— Sim faz alguns meses.

— Você também deverá estar na reunião.

— Verdade?

— Sim, é o dever de todo membro participar.

— Não vou perder.

Ficamos ali a manhã toda, o senhor Simon é um homem velho e tem uma disposição incrível para trabalhar, muitas vezes ele parava pra tomar um fôlego e logo voltava para o trabalho, era tanto fio e tanta peça, que não sei como ele não se perdia nas ligações. Ali mesmo fizemos um lanche e fui para casa da Sandra e o senhor Simon foi resolver as papeladas da igreja.

— Oi meu amor, veio me buscar hoje?

— Meu tio me deu o resto da semana de folga, então fiquei com o senhor Simon, e vim aqui para irmos à escola.

— E a máquina? Já está funcionando?

— O senhor Simon acredita que daqui uns três meses voltará funcionar.

— Que bom, não vejo a hora.

— Vamos pra escola?

— Vamos, me deixa pegar a sua mochila.

Saímos e fomos pra escola, e no caminho a gente foi conversando.

— Vou poder ver a máquina hoje à noite?

— Sim, só depois da reunião da igreja.

— Reunião?

— O senhor Simon vai ajudar a manter a igreja aberta.

— Entendi, e será que vai demorar?

— Não sei, só sei que terei que participar também.

— Verdade? Então vamos deixar pra amanhã cedo, se não ficará tarde e você sabe como é a minha mãe, não é?

— Ela ficou brava ontem?

— A sorte que sua mãe ligou, mas ela me pediu pra não atrasar mais.

— Está bem, então avisarei o senhor Simon e amanhã de manhã a gente vai ver a máquina.

— Legal, estou muito curiosa.

Ao passarmos na frente da casa de minha tia, tudo ainda estava fechado, parecia que ninguém havia saído da casa.

— Jorge, seus tios foram viajar?

— Que nada, ontem eles foram ao cinema, e meu tio me disse que chegaram tarde e por isso iam descansar, mas já é de tarde e ainda está tudo fechado, estranho você não acha?

— Eles assistiram que filme?

— Eu indiquei aquele filme romântico pra minha tia.

Então a Sandra me olhou e sorriu.

— Acredito que eles não estão descansando Jorge, acho que estão fazendo outra coisa.

— Também desconfiei.

— Com aquele filme, eles tiveram um incentivo.

— É verdade, e por falar em filme, precisamos marcar outro cinema.

— Assim você vai ficar sem dinheiro.

— Que nada, trabalho dobrado.

Chegamos à escola e a aula foi como de sempre, e o Nando não veio, pois está de suspensão e quando saímos da escola encontramos com o Nando atrás de um carro.

— E aí Nando, se escondendo?

— Jorge, quase morri, foi um sufoco.

— Como assim?

— O pai da Helen me pegou conversando com ela, ontem à noite, e tive que sair correndo.

— Não acredito e aí?

— Hoje estava na rua, e vi o pai e o irmão da Helen me procurando, e com certeza queriam me pegar.

— E o que você fez?

— Me escondi aqui e fiquei esperando eles irem embora.

— Nando, você ainda vai querer namorar?

— Claro, mas vai ter que ser bem escondido.

— E você vai correr este risco?

— É mais emocionante, Jorge.

— Estou pensando em pedir transferência pra escola dela o ano que vem assim a poeira já assentou.

— E a Helen? Ela está gostando de viver perigosamente?

— Ela fica com medo, Sandra, mas é só um tempo até o pai aceitar um genro muito bom.

— E você acha que ele vai aceitar?

— Vai ter que aceitar, se não a gente vai fugir.

— Você é maluco, Nando?

— Sou Maluco por ela Jorge, e tudo vai dar certo, vou correr até chegar à minha casa, até mais.

O Nando saiu desesperado, correndo e olhando pra todos os lados.

— Esse Nando ainda vai se dá mal.

— Com certeza Sandra, ele nunca me falou que estava apaixonado.

— Imagine, fugir com a Helen?

— É cada um com os seus problemas, só sei que com a minha namorada, não preciso fugir.

— Isto é verdade Jorge, mas se precisasse eu fugiria contigo.

— Só você mesmo Sandra, e pra onde a gente iria? E faríamos o que?

— Sei lá, só sei que é uma loucura.

— É verdade.

Passamos em frente à casa de minha tia, e meu tio estava do lado de fora conversando com um cliente, e ele me deu sinal que minha tia queria falar comigo.

— Sandra, vamos entrar?

— Acho melhor não! Eu vou embora, não quer atrapalhar.

— Que nada Sandra, você é minha namorada, e minha tia gosta muito de você.

Minha tia apareceu na janela, com um sorriso no rosto que fazia muito tempo que eu não via.

— Entra Sandra, aqui você é muito bem-vinda.

— Obrigada, dona Fábia.

— Pode me chamar de tia, já que você vai ser minha sobrinha.

— Te falei Sandra, minha tia gosta muito de você.

— Que bom, Jorge.

— Olha meninos não tive tempo pra preparar uma janta pra vocês, mas se quiserem tenho umas bolachas.

— Não se preocupe tia, estamos com pressa hoje ainda tem a reunião na igreja.

— É verdade, você vai Sandra?

— Eu nunca fui, dona Fábia.

— Me chame de tia.

— Desculpe, eu me esqueci.

— Se quiser o Jorge te leva, e lá você se senta comigo.

— Então eu vou, assim faço companhia pra senhora.

— É verdade, o Jorge vai ficar feliz.

— Vou mesmo tia, mas temos que ir o que a senhora queria?

— Eu quero que você leve este dinheiro pra sua mãe, e diga pra ela que o restaurante gostou do bolo e que ela pode a partir de amanhã começar a fazer os doces pra eles, e leva este papel que tem a relação de doces pra ela fazer, acredito Jorge que a sua mãe vai conseguir ganhar mais dinheiro que seu pai, e não precisará mais ficar limpando a casa dos outros.

— Verdade tia? Ela vai ficar feliz, nem sabia que era pra isto aquele bolo.

— Conversei no restaurante e consegui pra ela.

— Que bom, assim sei que ela poderá trabalhar em casa mesmo.

— Verdade Jorge, mas é melhor vocês irem andando ou irão se atrasar pra reunião da igreja.

— Até mais, tia.

— Até, Jorge.

A Sandra abraçou a minha tia e saímos e meu tio ainda estava conversando com o cliente, assim meu tio nos cumprimentou com a mão, levei a Sandra embora e fui para minha casa e minha mãe estava ansiosa sentada à mesa.

— E aí Jorge, tudo bem?

— Tudo bem, está querendo saber o resultado do bolo de fubá?

— É claro, Jorge.

— Por que a senhora não contou que estava fazendo teste para o restaurante?

— Fiquei com vergonha, mas me conta o que eles falaram?

— A senhora podia ter contado.

— Sim Jorge, e qual é o resultado?

— Está bem, A senhora precisa fazer outro bolo de fubá, e se possível amanhã cedo.

— Por quê? Eles não gostaram daquele?

— Não só gostaram e ainda querem que a senhora comece a produzir os doces pra eles, e
este papel é do que eles precisam por dia, e acho que este dinheiro é o adiantamento.
— E porque eles pediram o bolo de fubá pra amanhã?
— Eles não pediram, quem está pedindo sou eu.
— Ai Jorge, graças a Deus! Seu pai vai ficar feliz, agora posso parar com as faxinas e
vou ganhar muito mais.
— Que bênção! E cadê o pai?
— Já foi pra igreja, ele ia preparar algumas coisas por lá.
— E a senhora não vai?
— Sim, já estou indo, só estava esperando a resposta, te vejo lá na igreja.
Minha mãe pegou a sua bolsa saiu rápido e muito feliz, agora poderá trabalhar menos e
ganhar mais, assim depois de tomar um banho e me arrumar fui buscar a Sandra e fomos
juntos para a igreja, e vou falar a verdade, era a primeira vez que estava indo por
vontade própria e não pela vontade de meus pais, a Sandra parecia um pouco
preocupada.
— Está preocupada, Sandra?
— Estou com vergonha, nunca fui numa igreja.
— Pode se despreocupar, a igreja é pequena e minha tia vai estar lá com você, pena não
poder sentar junto com você, que lá os homens tem que se sentar separado das mulheres.
— E por que será que fazem isso?
— Não sei também, mas sempre foi assim.
— Que chato, queria sentar ao lado do meu amor.
— Eu também gostaria muito.
Ao chegarmos em frente da igreja, o senhor Simon estava de terno e ficava na frente
recepcionando todo mundo, e já tinha bastante gente lá dentro.
— Tudo bem, senhor Simon?
— Oi Jorge, tudo bem graças a Deus.
— Que bom que vieram, hoje será uma reunião bem diferente, pois consegui acertar a
papelada e vamos contar pra todos como será a igreja a partir de hoje.
— Será como a Grande Sabedoria deseja?
— É o que queremos Jorge, uma igreja de acordo com a vontade da Grande Sabedoria. E
já comecei com as mudanças, os homens podem se sentar com as suas esposas, não
haverá mais separação.
— Já comecei a gostar da igreja, Jorge.
— E porque o senhor mudou?
— Simples, a Bíblia diz: — Jamais separe o homem o que Deus ajuntou.
A minha tia nos viu e se aproximou de nós.
— Meninos, eu quero que vocês sentem junto comigo.

— É claro tia, vamos lá Sandra?

— Vamos, que bom assim você pode ficar junto comigo, Jorge.

Entramos e nos sentamos, a igreja não é muito grande, ela fica de frente com a praça, por dentro ela é pintada de azul e branco, no teto existem algumas luminárias pendurada, na frente existe um pequeno púlpito de madeira e uma cadeira, onde sentará o pastor escolhido, do lado direito da igreja existem alguns bancos onde fica o coral da igreja, e tem um pequeno órgão, e quem o toca é a dona Lurdes, uma senhora de cabelos curtos bem brancos, ela fala muito pouco, mas toca que é lindo ouvir. Logo se deu início a reunião e o senhor Simon pediu para cantarmos algumas canções que havia no hinário da igreja, a Sandra desde que sentamos não largava minha mão, minha tia emprestou pra ela o seu hinário, após as canções, o senhor Simon começou a falar a respeito do que aconteceu com o pastor Nilson, mas que a igreja iria continuar e para isto seria necessário eleger um novo pastor, e mencionou o nome do meu tio Fred, que logo se colocou na frente do púlpito olhando para a igreja, ele estava de terno branco e uma gravata vermelha, e estava muito nervoso, podíamos ver a sua mão tremer.

— O tio está nervoso?

— Se fosse só ele Jorge, mas eu estou aqui que não me aguento de nervoso também, pois sempre foi o sonho dele poder orientar uma igreja, mas agora vamos prestar atenção.

— Me desculpa, tia.

Então o senhor Simon começou a falar sobre o meu tio:

— Meus irmãos e amigos, o nosso amigo Frederico, é um homem trabalhador e honesto, muitos aqui já o conhecem e sabem que na sua oficina muitas vezes, deixou de ganhar dinheiro para ajudar alguns que não tinham condições de pagar o conserto.

Então um homem sentado no fundo da igreja levantou o braço e pediu para falar.

— Senhor Simon, Um dia quando fui fazer uma entrega de frangos vivos para o abatedouro, meu caminhão quebrou na estrada e estava sem condições de pagar um mecânico, pois dependia desta entrega para receber algum dinheiro, e o problema era que se não levasse os frangos a tempo, eles poderiam morrer e ainda teria que pagar pelos frangos, então eu liguei para o Fred, e com toda atenção foi me socorrer e vendo que o conserto demoraria, começou a pegar os frangos e levar para dentro do seu carro e fez muitas viagens levando todos os frangos ao abatedouro, com isto recebi meu pagamento e consegui pagar o conserto do caminhão e nunca ele me cobrou a gasolina que gastou naquele dia e nem a limpeza do seu carro, e tem muitos aqui que sabem que o Fred, faz tudo o que está ao seu alcance pra ajudar, seja quem for esta pessoa.

— Verdade tia? Ele levou os frangos no carro?

— É Jorge, às vezes ainda acho alguma pena enroscada no banco.

— Como vocês podem ouvir, o Frederico tem um bom testemunho entre as pessoas, e, além disto, ele é formado em Teologia, o que poderá ensinar muitos sobre a Palavra de Deus, então gostaria de perguntar quem aprova que o Fred seja o nosso novo pastor na igreja, que fiquem em pé.

Toda a igreja ficou em pé e aplaudiu o meu tio Fred, minha tia começou a chorar sem parar, a Sandra também começou a chorar por ver tudo isso.

— Vou pedir que a Fábia se aproxime do nosso novo pastor Frederico e junto com ele vamos fazer uma oração e pedir que Deus venha abençoar este casal que de agora em diante estarão ajudando esta igreja permanecer na bênção de Deus.

Minha tia saiu rápida e foi até onde estava meu tio, e assim o abraçou e os dois choraram o senhor Simon fez uma oração e toda a igreja foi cumprimentar o novo pastor, eu e a Sandra também fomos.

— Meus parabéns tio, que Deus possa te abençoar muito mais.

— Obrigado Ruela, e não esqueça que vou sempre precisar da sua ajuda.

— Sim tio, sempre que precisar.

— Jorge, porque seu tio te chama de Ruela?

— É uma longa história outro dia te conto.

Após todos voltarem para seus lugares o senhor Simon começou a falar sobre as novas regras da igreja.

— A partir de hoje, a igreja Caminho do céu, terá o pastor Fred na sua direção, ele não terá salário da igreja, pois ele tem seu trabalho e cuidará da igreja voluntariamente, com isso a igreja não terá nenhum pastor ou obreiro que receba alguma coisa, e todo o dinheiro arrecadado serão revertidas em cestas básicas onde daremos assistências as famílias necessitadas, pois é o que uma igreja deve fazer, teremos um grupo de irmãos que cuidará desse trabalho, não teremos coletas de dinheiro no culto, somente haverá uma caixa no fundo da igreja que receberá as doações dos irmãos.

Na hora todos começaram a aplaudir, pois acredito que estavam cansados de ser explorado pelo pastor Nilson nos cultos.

— Agora vamos ouvir uma Palavra pelo nosso pastor Frederico.

— Meus amigos e irmãos! Estou muito emocionado e quero agradecer a confiança de vocês em me colocar como pastor e vou fazer de tudo para não os decepcionar. Quero a partir de domingo começar ensiná-los o que realmente está dentro da Bíblia, e qualquer dúvida ou problema que vocês tiverem estarei aqui para ajudá-los, peço que vocês me ajudem em oração! Muito obrigado!

A igreja começou a aplaudir novamente, então o senhor Simon, fez algumas leituras bíblicas e fez alguns comentários, e prometeu ajudar o meu tio Fred em tudo o que fosse preciso, e a igreja cantou mais alguns hinos e terminou o culto, então todos se abraçaram e voltamos pra casa, meus pais foram com meus tios embora e o senhor Simon veio conosco conversando pelo caminho.

— É Jorge, a igreja agora será bem diferente.

— Eu posso frequentar, senhor Simon?

— Será uma alegria, ver você aqui Sandra, e convide seus pais para virem.

— Vou sim, quero ver se domingo eles podem vir.

— Diga que todos serão bem-vindos.

— Obrigada, senhor Simon.

— Vão para minha casa hoje?

— Senhor Simon, eu conversei com a Sandra e falei pra irmos amanhã cedo, já que não irei trabalhar.

— Sem problemas, a máquina estará lá pra você ver Sandra.

— Estou muito ansiosa.

— Esperarei vocês amanhã cedo, e venham pra tomar um café comigo.

— Sim iremos, e pode deixar que vou levar um bolo de fubá.

— Então até amanhã.

— Até senhor Simon.

— Jorge, foi muito bom conhecer a igreja, sua tia estava emocionada.

— Ela sempre sonhou em ver meu tio envolvido com as coisas de Deus.

— Deve ser legal ter um tio como pastor, não é?

— É o que vou saber a partir de hoje.

— Você quer ser pastor um dia, Jorge?

— Eu?

— Sim já se imaginou de terno e gravata em cima daquele púlpito falando?

— Eu morreria de vergonha.

— Que nada eu ficaria orgulhosa, igual o dia que você falou na frente da classe.

— Mas lá era diferente.

— Então, seria mais bonito ainda falar as coisas de Deus.

— Sandra, pare eu vou ser mecânico igual meu tio.

— Sei não, acho que vou ver você ainda como pastor.

— Sandra, pare de sonhar.

— Amo você Jorge, e a cada dia estou ficando mais encantada.

Então nos beijamos ali e parecia que estávamos sendo levados aos céus, a Sandra é maravilhosa, e enquanto nos beijávamos escutamos um barulho e paramos pra ver, era o pai da Sandra que estava vindo caminhando pela rua, e veio tossindo para que a gente parasse de beijar.

— Boa noite crianças.

— Boa noite seu Anselmo, tudo bem?

— Graças a Deus Jorge, tudo bem!

— Está passeando?

— Estou vindo do trabalho, arrumei um emprego.

— Que bom seu Anselmo.

— Nada melhor que se tornar um homem novamente.

— E vocês de onde estão vindo?

— Da igreja pai, o senhor tinha que ver que legal, o tio do Jorge agora é o pastor.

— O Fred da mecânica?

— Sim, ele foi chamado para ser pastor hoje.

— Aquele homem realmente é uma boa pessoa, a igreja vai gostar dele.

— O senhor não quer fazer uma visita no domingo? Meu tio vai gostar.

— Vou sim Jorge, estarei de folga, vou conversar com a Nandinha e iremos lá.

Seu Anselmo se despediu e entrou.

— Até amanhã meu amor, vou dormir cedo pra amanhã acordar bem-disposta.

— Finalmente você vai ver a máquina do tempo.

Ela foi para dentro, então voltei para casa muito feliz por meus tios, o céu estava bem estrelado, e parece até ter visto uma estrela cadente, quando cheguei à minha casa meu pai estava eufórico, pois agora seu irmão era o pastor e minha mãe a nova doceira do restaurante. Ficamos conversando até tarde da noite, e meu pai contando as aventuras dele com o meu tio quando eram crianças, ele ainda queria ligar pra minha avó e contar a novidade, mas minha mãe não achou prudente, pois a ela já está com idade avançada e ligar pra ela tarde da noite, ela podia se assustar. Meu pai então aceitou meio inconformado e foi se deitar.

Capítulo 20
Uma Nova Viagem

Levantei bem cedo, quando minha mãe foi me acordar se assustou ao me ver de pé.

— Já levantou Jorge?

— Sim mãe, hoje estou de folga e vou levar a Sandra pra tomar café na casa do senhor Simon.

— Quem escutasse isto alguns dias atrás, seriam chamados de louco e herege.

— Bem sei o que é isso, mãe, ainda bem que tudo mudou.

— Graças a Deus! O seu bolo está pronto.

— Obrigado mãe, vou levar pra comer na casa do senhor Simon.

Chegamos à casa do senhor Simon, e a Sandra estava morrendo de vontade de comer o bolo, pois segundo ela o cheiro estava delicioso.

— Bom dia senhor, Simon?

— Bom dia meninos, entrem, fique à vontade.

— O cheiro de café está delicioso.

— Espero que gostem do meu café.

— Trouxe um bolo de fubá de minha mãe.

— Deve estar delicioso, senhor Simon, o cheiro veio me matando pelo caminho.

— Então sentem e comam.

Tomamos o café e o elogio do bolo de minha mãe foi o assunto na mesa, assim após terminarmos levei a Sandra para sala de experiência do senhor Simon e ele foi buscar as roupas.

— Está é a máquina, Jorge?

— Sim.

— É linda, tem três bancos?

— Colocamos mais um ontem.

— E quando iremos viajar?

O senhor Simon entrou pela porta.

— Em breve Sandra, assim que a peça nova chegar, nós iremos viajar.

— E o Senhor tem ideia, pra onde iremos?

— É um mistério, que só saberemos no dia, não tenho como controlar a data para onde vamos.

— Que legal, será uma aventura, você não fica empolgado Jorge?

— Nem um pouco Sandra.

— Olhe as roupas que foram feitas pelos homens do passado.

O senhor Simon carregava as roupas nos braços e trouxe até a Sandra.

— São lindas, e olhem os chinelos, vocês usaram?

— Trocamos as sandálias pelos nossos calçados, para andarmos mais rápido, e esta foi à causa de sermos capturado pelos soldados do Lúcifer.

— Que legal, parece até filme.

A Sandra ficou encantada com tudo, e ouvimos algumas histórias do senhor Simon do que poderíamos encontrar em outras épocas, segundo ele pode ter existido uma civilização mais avançada que a nossa, já pensou voltar ao passado e parecer estar no futuro? Que loucura.

Alguns meses depois.

Os dias foram passando e tudo estava maravilhoso, meu tio Fred agora estava sendo pastor, a igreja nos últimos dias cresceu bastante, há reuniões que pessoas ficam em pé por não haver mais lugar, os pais da Sandra gostaram da reunião e não faltam, o meu tio até colocou eles pra ajudar na entrega de cestas para famílias carentes, minha tia Fábia está tão feliz, pois descobriu que está grávida, e meu tio agora anda saindo de madrugada em busca de alguma coisa que minha tia tem vontade de comer, o Nando agora está estudando na mesma escola da Helen, foi uma tristeza ver meu melhor amigo ir para outra escola, infelizmente ele já não está mais namorando a Helen, porque ele descobriu que ela está grávida de um outro garoto da escola, ele dizia que nunca mais iria namorar ninguém, faz alguns dias que o vi com uma menina que era amiga da Helen, o Pedro agora ajuda na venda de perfumes da dona Rute, ele até conseguiu vender um perfume caro pra diretora da escola, nem preciso dizer da alegria do pai dele e da dona Rute, o Sandrão agora está trabalhando com o pai na empresa, e agora está juntando um dinheiro pra comprar uma moto, Deus queira que não faça bobagem, minha mãe está vendendo muitos doces para o restaurante, o dono chegou alegar que aumentou a clientela, e muitos não vê a hora de chegar a sobremesa, meu pai muitas vezes fecha a oficina pra ajudar minha mãe na entrega dos doces, o senhor Simon está todo empolgado que chegou a nova peça, e me pediu para hoje ir com a Sandra, pois a máquina está pronta e poderemos viajar, e passei na casa da Sandra e estamos indo para casa do senhor Simon.

— E aí Sandra, está nervosa?

— Não tem perigo, Jorge?

— Claro que não.

— Pra onde iremos?

— A Grande Sabedoria nos disse, que numa outra viajem poderíamos ir a gerações passadas, bem antes de Harmes e de Adão.

— E como será que é lá?

—Essa é uma resposta que só teremos na hora que chegarmos.

Entramos na casa do senhor Simon e ele já estava ligando todo o equipamento, a Sandra parecia bem nervosa.

— Está preocupada, Sandra?

— O senhor garante que é seguro, senhor Simon?

— Você até parece o Jorge quando viajou comigo pela primeira vez.

— Estou com medo!

Então abracei a Sandra e ela ficou mais tranquila.

— Calma, você vai ver será divertido.

— Podem entrar, vai ficar um pouco apertado, mas dá pra viajar tranquilo, só tive que aumentar um pouco mais a energia de elétrons, pois o peso vai aumentar um pouco.

— Acho que ele te chamou de gorda, Sandra.

— Verdade?

— De jeito nenhum Sandra, é que agora serão três em vez de dois.

— Estava brincando, Sandra.

— Seu chato.

Entramos na máquina e nos sentamos no banco, o senhor Simon fez os ajustes finais.

— Jorge, ponha a sua mão sobre aquela tela.

— Por quê?

— Vou escanear a sua mão e a máquina poderá funcionar tanto com minhas digitais como a sua.

— Mas eu não vou viajar sem o senhor.

— Eu sei Jorge, mas não sabemos o que pode acontecer, não vou viver pra sempre, e se houver algum problema você poderá ligá-la e viajar.

— Por isso o senhor passou todo este tempo me ensinando?

— Sim Jorge, e tem mais uma coisa.

— E qual é?

— Fiz um testamento deixando tudo o que tenho pra você, pois como já disse tenho você como meu filho, e espero que você continue tudo o que comecei.

— Achei muito bacana, mas não quero que o senhor vá embora.

— A gente nunca sabe o dia de amanhã, Jorge. Vamos lá?

A máquina escaneou a minha mão e logo sinalizou que estava em ordem.

— Pronto, agora coloquem os óculos e o Jorge pode ligar a máquina.

— Sandra, você ficou linda com estes óculos.

— Obrigada Jorge, mas estou morrendo de medo.

— Fique tranquila, que agora estou ligando.

A máquina começou a fazer um barulho forte e logo uma luz começou a brilhar, e podíamos sentir a máquina se movimentando, a luz era intensa, os relógios marcavam uma contagem regressiva, estava chacoalhando bastante, era bem diferente de quando viajamos pra terra do Harmes, parece que estava levando mais tempo para parar, então a

luz começou aumentar bem mais forte, já não dava pra ficar com os olhos abertos, e aos poucos a intensidade da luz foi diminuindo e o barulho da máquina foi parando, e podíamos ver que tudo estava escuro, não dava pra enxergar nada ao redor.
— Vocês estão bem? – Perguntou o senhor Simon!
— Sim, eu estou e você, Sandra?
— Estou bem, onde estamos? – Respondeu Sandra se soltando do cinto.
— É isso que vamos ver, parece que chegamos algum lugar de noite. – Falou o senhor Simon todo empolgado.
— E agora, vamos sair? – Perguntei.
— Primeiro, vou ligar os faróis que instalamos e vamos ver o que temos aqui fora.
Assim que o senhor Simon ligou as luzes, foi incrível podíamos ver algumas vegetações ao redor e algo se movimentou ao nosso lado e quando olhamos para ver o que era, levantou, batendo as asas.
Continua....
Não perca o próximo livro:
AS AVENTURAS DE JORGE NA BUSCA DOS IMORTAIS